# Los años impares

MARÍA SIRVENT

# LOS AÑOS IMPARES

ESPASA

ESPASA NARRATIVA


Espasa Libros, sello editorial
de Editorial Planeta, S.A.

Preimpresión: MT Color & Diseño, S. L.

Depósito legal: B. 952-2020
ISBN: 978-84-670-5817-8



Impreso en España/Printed in Spain
Impresión: Rodesa, S. A.

Editorial Planeta, S. A.
Avda. Diagonal, 662-664
08034 Barcelona

El papel utilizado para la impresión de este libro está calificado como **papel ecológico** y procede de bosques gestionados de manera **sostenible.**

*A Mateo, a Pablo y a la Autovía del Sur.*

Me comería un membrillo ahora mismo.

FRANCISCA AJOFRÍN BARBA

El primer finalista se llamaba Anselmo de Rojas, era de Barbate, tenía veintisiete años y trabajaba en la almadraba con su padre y con su abuelo. Tenía un tatuaje enorme del Cristo de Medinaceli en la espalda y se definía como una persona trabajadora, extrovertida y alegre, muy alegre. Durante el concurso, sin embargo, descubrió con estupefacción que sus compañeros eran bastante más extrovertidos y alegres que él y a menudo necesitó aislarse de ellos. En varias ocasiones se despertó de madrugada y acabó llorando en el jardín de la casa en la que todos los concursantes convivían, descalzo y envuelto en una manta morada que brilló intensamente a la luz de los focos. Hasta entonces, la suya había sido una alegría de subsistencia y cien por cien local, una alegría que enraizaba en el carácter de su pueblo más que en el suyo propio y que necesitaba de las personas y de los ruidos de siempre para sostenerse. Fuera de aquel contexto, el verdadero Anselmo era una anémona.

La segunda finalista se llamaba Leonor Godó, tenía veintinueve años, era de Barcelona y estaba ciega desde los tres años por culpa de un retinoblastoma hereditario. Se había apuntado al *casting* de *Puro Talento* tras enterarse de que Jeff Healey, uno de sus artistas ciegos favoritos, estaba enfermo.

—No sé, leí la noticia sobre su enfermedad y sentí que debía hacerlo.

Era aburrida, fea y algo trascendental, especialmente por las noches. *Veo la luz* fue el título de su primer y único disco, un claro guiño-homenaje al primer álbum de Jeff Healey, *See The Light*, que sin embargo nadie interpretó como un guiño-homenaje al primer álbum de Jeff Healey, sino como un «atentado innecesario a su propia dignidad y a la dignidad de muchísima gente. Estamos estudiando el tema y no descartamos emprender acciones legales». En la portada aparecía ella desenfocada, desnuda y de espaldas, sentada en una cama de hotel deshecha sobre la que se veía un trozo de guitarra y una pierna de hombre, una respuesta elegante y rotunda a las especulaciones que se habían hecho durante y después del concurso sobre su supuesta virginidad. El debate televisivo ¿Artistas u oportunistas? se emitió en *prime time* en la misma cadena pocos días después del lanzamiento de *Veo la luz*, con Leonor Godó sentada en el centro de un plató y siendo insultada por otros ciegos.

El ganador era de Jaca, se llamaba José Antonio Gómez, pero se referían a él como Toni el Heavy. En su vídeo de presentación se definió como un administrativo al que le gustaba escribir poemas, canciones y relatos breves. Durante el concurso se llevó bien con todos sus compañeros, sobre todo con Leonor Godó, con quien cantó a dúo la canción de Beyoncé *Single Ladies* en la tercera gala, un tema que eligieron los profesores y que, para sorpresa de familiares, compañeros, profesores y público, ambos aceptaron con más entusiasmo que docilidad. Fue el minuto de oro de la televisión en España en el año 2007.

# Primera parte

# Los años impares
## Año 2011

# 1

Manolo tiene bigote, barriga, chaleco de camarero y un montón de años. Lleva más de media vida trabajando de camarero y se ve que le cuesta, que sirve las mesas creyendo que es rápido, pero sus muecas de apuro delatan que vivió épocas mejores, que dio servicios de campeonato y que quizás fue así, con una permanente expresión de urgencia en el rostro, como consiguió ligarse a alguna guiri sueca en aquella Mallorca de hace cuarenta años que tanto añora, que ya no existe. Manolo habla inglés, alemán, italiano y francés. Son las siete y media de la tarde y acaba de llegar al bar, y aunque parece algo cansado, mientras le explica al nuevo camarero el sencillo funcionamiento del negocio, se siente algo especial, lejos de casi nada.

A José Antonio, el nuevo camarero, le han dado un chaleco que le queda pequeño, unos pantalones que le quedan cortos y un paseo guiado por las zonas del hotel destinadas para uso exclusivo de los empleados: el pequeño y sofocante comedor sin ventanas, donde las aspas de un ventilador de techo giran y graznan como si fueran cuervos; la sala de las taquillas, donde dos chicas peruanas se ocultan de inmediato detrás de una toalla y lo miran a la vez, lo dejan de mirar a la vez y lo ponen nervioso a la vez y donde, por su bien y por el de todos, le recomiendan en voz baja que siempre cierre con llave su taquilla, que no se vaya a dejar nunca la taquilla abierta ni le preste su llave a nadie. A nadie, le vuelven a decir, y le cuentan la historia de Agustín Barrios, un asistente de cocina zamorano que el verano pasado perpetró la última gran rapiña que se recuerda en el hotel (diecisiete móviles, todos los paquetes de tabaco y casi setecientos euros) y de quien no volvieron a saber nada.

José Antonio acoge todas las advertencias con aparente normalidad y se deja guiar a continuación por un laberinto de pasillos asquerosos y desangelados, unos pasillos de paredes enmohecidas por los que circula únicamente el aire de la primavera de 1961, unos pasillos tan mugrientos y tan roñosos que puede que estemos hablando de pasillos fermentados, hasta llegar a los baños de los empleados, donde junto a un retrete sin tapa le informan de que si se le ocurriera encender un cigarro y fumárselo a escondidas saltarían en el acto, en el mismísimo acto de ocurrírsele fumar, en la mismísima antesala del imaginar, las alarmas de incendios y muy probablemente se le caería el pelo.

Después, a modo de premio, lo han montado en el ascensor del personal (sin espejo), del que nadie se fía, salvo Manolo, y en el que todos se montan menos Manolo. «Manolo es un santo, ya lo verás», le han dicho mientras subían, y lo han llevado a la azotea para que viera el bar de la piscina, la espectacular piscina (la instalación estrella), la bahía de Palma, los yates del puerto deportivo, el azul juntándolo todo y la catedral de Santa María descollando a lo lejos, a su izquierda, subrayada como esa palabra de ese ejercicio de ese test de inteligencia en el que hay que adivinar qué es lo que no pega, el león, el oso polar, el tigre, el mosquito, el ornitorrinco o la bicicleta y, por un momento, a José Antonio le ha parecido que afuera todo era nuevo, que afuera todo brillaba.

—Vamos, José Antonio.

—Voy.

Finalizado el recorrido, se lo han llevado a la planta cero, han atravesado la recepción, un sinfín de luces, han aparecido en el bar (al que llaman El club inglés) y le han presentado a Manolo, al santo de Manolo, que estaba solo detrás de la barra con un chaleco negro y una camisa blanca de manga corta tomándose un café con leche en un vaso de tubo, como le gusta a él, y contento, algo cansado pero contento.

—Es José Antonio, el nuevo.

Manolo le estrecha la mano, se le queda mirando sin saber qué decir y acaba diciéndole: «Joer, qué alto eres, macho». Los dejan a solas, pero antes se despiden de José Antonio con un «que sepas que estás en muy buenas manos» y de Manolo con un «enga, Manolo».

José Antonio no sabe qué es lo que tiene que hacer, espera instrucciones pero no llegan, no llegan las instrucciones, qué tengo que hacer. Manolo sigue mirándolo mientras se toma el cortado y le dice que es muy alto, la virgen puta, altísimo, «pero joer, qué alto eres, macho, menudo varal, en la tele no parecías tan alto», y José Antonio se siente ridículo con ese pantalón que deja sus calcetines al descubierto. Por fin, Manolo reacciona.

—A ver, ¿tienes abridor?

—No, qué va, no tengo.

—Ya lo sabía yo... Espera, que te busco uno.

—Vale.

Manolo desaparece por una puerta que da a una cocina (un escondrijo mínimo donde hay una plancha sucia y una freidora de dos canastillas) y al poco regresa a la barra con un abridor resplandeciente sobre el que reposan unas letras plateadas que dicen «Barbadillo».

—Mira. Está sin estrenar.

—Gracias, Manolo.

—No lo vayas a perder, ¿eh?

—No, no.

—Eres el responsable de este abridor. Eres su dueño.

—Vale.

—Le buscas un sitio, este cajón, por ejemplo... Es que todo el mundo pierde los abridores. Con lo fácil que es buscarle un sitio. Mira. —Se sube un poco el chaleco y aparece una funda de cuero enganchada al pantalón, de la que saca un abridor—. Este es el mío. Llevo treinta años con este abridor y no lo he perdido.

—¿Con el mismo abridor?

—Pues sí, hijo, sí, con el mismo abridor.

—¿En serio?

—Pues claro.

—Vaya...

—A mí me dieron este abridor y me dijeron: «No lo pierdas, Manolo, que no hay más». Y aquí lo tienes, como nuevo.

—Es verdad, parece nuevo.

—Pues claro, porque lo cuido.

—Claro.

—Luego veo a todos los camareros buscando sus abridores, pidiéndose los abridores unos a otros, dejándolos en cualquier parte. Y vienen los tíos y me piden que les deje el mío: «Manolo, Manolo, déjame tu abridor un segundo». Y yo les digo: «No, que me lo pierdes. ¿Yo? Los cojones te voy a dar». ¿Qué dices? Yo no le dejo mi abridor a nadie. A nadie, macho. La Jimena, que ahora la conocerás, ya ha perdido el suyo, para que veas. Se lo di la semana pasada y ya lo ha perdido. Ayer me pidió otro. Mucha carrera de Derecho y mucho máster en no sé qué, pero le das un abridor y lo pierde.

—Vaya.

—Y se lo había dicho bien clarito: «Jimena, búscale un sitio, búscale un sitio, no lo vayas a perder». Pero nada.

—Ya...

—Ahora la conocerás, está al llegar.

—Vale, vale.

Manolo se queda pensativo, contempla su abridor durante unos segundos y le dice:

—Tú no habías nacido y ya tenía yo este abridor... ¿Cuántos años tienes?

—Treinta y cinco.

—¿Lo ves?

—¿El qué?

—Tú hazme caso, si quieres ser un buen camarero, lo único que tienes que hacer es buscarle un buen sitio a tu abridor. Eso es así de simple. Aquí o en tu casa, donde tú quieras, pero que esté bien guardao. Lo demás viene solo, se aprende sin sentir, ya lo verás. Es como todo.

José Antonio no ha sabido qué contestarle. Él no quiere ser un buen camarero, ni siquiera se plantea ser un camarero aceptable o regular. Él tiene muchas ganas de fumar y está en Palma de Mallorca, en el bar o club de un hotel de tres estrellas flojas que en un par de horas se llenará de viejos y aparatosos alemanes, vestido con un chalequillo negro de rayas grises y un pantalón que le aprieta los huevos por culpa de Nieves, Nieves, Nieves.

—Manolo...

—Dime.

—¿Puedo echar un cigarro?

—Vete al baño, anda.

—¿Y las alarmas? Me han dicho que saltan las alarmas ahí si fumas.

—¿Qué dices? ¿Qué alarmas? ¿Estamos tontos? Anda, vete a fumar al baño y vuelve rápido, hombre.

# 2

Nieves Cunningham siempre había querido ser cantante. O cantante o pianista de las buenas, tipo Martha Argerich. A los doce años supo que tarde o temprano la descubriría algún cazatalentos de alguna discográfica importante en el Maylu, el karaoke de su pueblo manchego, y solía acudir allí con su amiga Mari Campos y pedirse una Coca-Cola y un Héroes del Silencio de aperitivo para impresionarle, porque seguro que estaba camuflado entre los clientes, podía ser cualquiera, seguido de un *Ay, pena, penita, pena* para acabar de convencerle, para que no le pasaran desapercibidos sus múltiples registros.

A veces remataba la tarde con una canción de Whitney Houston o de Nino Bravo; otras se marcaba un *Let it be*, y en más de una ocasión quedó con su amiga Mari Campos para ensayar el repertorio de canciones del karaoke en su habitación, a dos voces, a dos micrófonos que de cerca se parecían mucho a dos cepillos de pelo, a dos edades del pavo muy bien sincronizadas, y siempre, no como Mari Campos, llevaba consigo una cinta de casete de noventa minutos por si acaso, porque en la vida, le decía Nieves a su amiga, hay que estar preparada para toparse en cualquier momento con un cazatalentos.

En aquella cinta había de todo, hasta discursos. Eran soliloquios bastante humildes en los que Nieves agradecía en voz baja unos aplausos que nadie le daba o que no se escuchaban muy bien. También desvelaba el verdadero significado de las letras de sus canciones, antes y después de cantarlas, y era raro el día en que no se producían filtraciones de sonidos ajenos a su habitación, unos efectos no deseados que atravesaban las estrofas y le conferían a la cinta y a la misma Nieves un aire indefenso pero resistente, desamparado pero inmune, negro pero blanco pero negro, terrible pero fatal, la esencia de una artista que lucha pese a todo: la batidora de su madre, que siempre estaba haciendo mahonesa, las carcajadas de su hermano, que siempre se estaba riendo, el llanto desesperado de su hermano, que siempre estaba llorando, el teléfono, el telefonillo, el timbre de la puerta, la cadena del váter, la radio, la televisión, cuando el padre le subía el volumen porque la madre había enchufado la batidora, la abuela Paca, una mujer de sesenta y muchos años a la que todo el mundo saludaba como si fuera un mueble («Pero por favor, mira qué brillico tiene») y que había tomado por costumbre decir que quería morirse cuando la llevaban al baño (y siempre lo decía a la altura de la puerta de su habitación: «Yo lo que quiero es morirme»), y las discusiones de sus padres, que algunas veces grababa con un punteo de fondo, anestésico y suave, y otras veces, la mayoría, cubierta de mudez.

En la cinta también había algunas canciones.

En 1991, a los trece años, Nieves recibió el primer encargo artístico oficial: su padre le pidió que compusiera un tema con la guitarra para el quinto cumpleaños de su hermano, Roberto. Nieves aceptó todas las condiciones (componer una canción, si le apetecía), se encerró en su habitación y un par de horas más tarde el tema *No es un plasta, es mi hermano* estaba compuesto, corregido, ensayado y grabado en una cinta con su monólogo introductorio y sus disertaciones finales correspondientes. Los siguientes días se dedicó a perfeccionarlo, y con la colaboración de su amiga Mari Campos grabó varias versiones del tema a dos voces en su cinta.

Cuando llegó el día señalado y la casa se llenó de globos y de niños, de gusanitos y de sillas, de vecinos y de besos, de patatas fritas de bolsa y de sándwiches de *foie-gras,* Nieves se sentó frente a todos con su guitarra (estaba previsto que la cantara cuando Roberto hubiera soplado las velas, pero no pudo resistirse y actuó mientras todos estaban comiendo los sándwiches de *foie-gras*) y cantó con los ojos cerrados hasta que escuchó los aplausos.

Su hermano Roberto se reía y bailaba o quería bailar. Su padre le sacó una foto y se puso a aplaudir.

—*That was just amazing,* Nieves.

Su vecina María del Pilar le dijo hay que ver, Nieves, qué canción más bonita, hay que ver, qué bonita, de verdad, mi marido y yo pensábamos que era una canción de Teresa Rabal, ¿verdad, Jesús? Si no es porque tu padre nos ha dicho que la habías compuesto tú, habríamos jurado que era una canción de Teresa Rabal.

—Pues no... He versionado a The Hollies —dijo Nieves, seria.

—*He Aint Heavy, He Is My Brother* —le dijo su padre mientras aplaudía, y le guiñó un ojo.

—Muy bien, Nieves. De verdad, lo has hecho muy bien —le dijo María del Pilar otra vez.

Su madre también sonreía, pero de otra manera, y mientras se llevaba una patata frita a la boca, le dijo:

—Pero si tú no sabes cantar, hija.

A los quince años Nieves fue engullida por sus circunstancias y decidió retirarse del mundillo de la música porque, en esencia, nada tenía sentido. Solo llevaba un mes y medio recibiendo clases de piano.

—Papá, mamá, dejad de pagar las clases, es absurdo. No puedo aprender a tocar el piano si no tengo un piano.

—Ni lo tienes ni lo tendrás —le dijo su madre mientras pelaba una patata.

Sin embargo, su profesora de piano la ayudó a cambiar de opinión.

—Toma las llaves, Nieves. Si quieres, puedes venirte los fines de semana a practicar.

—¿En serio?

La profesora le dejó una copia de las llaves de la escuela de música, que era como llamaban a una casa muy antigua y muy pequeña a las afueras del pueblo en la que había una antigua consulta de pediatría.

—Así podrás practicar los fines de semana.

En la escuela de música había carteles de bebés por las paredes, vitrinas con gasas y pañales bajo llave, y una especie de camilla enana y gris, una báscula para recién nacidos.

Había, cómo no, un piano. Un Yamaha negro de pared.

—Muchas gracias, Yolanda. No sé cómo agradecértelo. De verdad, gracias.

Yolanda le había dejado las llaves de la escuela por pena, para ver si Nieves remontaba, porque de todos los alumnos era la que más ganas tenía de aprender. También era la mayor, sus compañeros de clase eran niños mellados de siete y ocho años. Algunos se reían por lo bajo cuando Nieves tocaba el piano, porque tenía un nivel más bajo. Otros se reían por lo alto.

Nieves comenzaba a tocar el piano y se paraba y volvía a empezar y decía espera, Yolanda, espera un momento, y empezaba de nuevo y volvía a pararse y a decir espera, espera, Yolanda, que empiezo, espera.

—Pero deja las manos muertas, no las engarrotes.

—Si no las engarroto, Yolanda, mis manos son así.

—¿Qué hace ese meñique hacia arriba? Ese meñique no puede estar así, estirado, sin una razón.

—No sé, no puedo controlarlo.

Una tarde, Nieves se enfadó, se levantó y se fue. Luego volvió a entrar y le pidió a la profesora que le dejara intentarlo una vez más, solo una vez más, por favor, Yolanda, por favor, que ya me sale, por favor. Pero no había tiempo, ya había pasado su turno de veinte minutos y ya había un niño concentrado al piano aprovechando mejor que ella el tiempo, y lo único que podía hacer era esperar una semana entera hasta la siguiente lección.

—Ahora podrás practicar, ¿vale, Nieves? Pero, por favor, no le digas a nadie que te he dejado las llaves. Yo me fío de ti. Que quede entre tú y yo.

—Tranquila, Yolanda. Te juro que no se lo voy a decir a nadie, de verdad, a nadie, te lo juro.

Nieves comenzó a acudir allí los fines de semana con su amiga Mari Campos, con sus quince años y con algunos chicos del instituto, y aprovechaban gran parte de los sábados y los domingos para esturrearse por el suelo de la consulta, fumar porros y marearse.

Comenzaba así y allí la carrera musical autodidacta de Nieves Cunningham, rodeada de bebés sonrientes.

A veces se llevaban unas patatas, unas litronas, unos cartones de vino y unas latas de Coca-Cola y se emborrachaban y les parecía que estaban echados a perder.

A veces Nieves trataba de tocar el piano, y en ese tratar llegó a ejecutar en numerosas ocasiones la bella y desconcertante *4'33"* de John Cage sin enterarse.

La profesora siempre le dejaba partituras encima del Yamaha, unas partituras fáciles y adecuadas a su nivel: ejercicios para la mano derecha, ejercicios para la mano izquierda, ejercicios de ligados y, por si se atrevía y para motivarla, algún preludio de Bach.

Al fondo del taquito de las fotocopias estaba siempre Chopin con uno de sus preludios mallorquines, el *Op. 28 n.º 4 en Mi menor*, iluminando los confines de sus posibilidades.

Llegaron las *gymnopedias* cuando Nieves cumplió los dieciséis. Llegaron y lo arrasaron todo. Llegó el día en el que Nieves le devolvió las llaves de la escuela de música a la profesora. Por Argamasilla de Alba no había pasado ningún cazatalentos de prestigio ni de ningún tipo y su amiga Mari Campos había comenzado a pintarse la raya de los ojos de color azul eléctrico: se había echado un novio formal.

Nieves, por su parte, se pintaba la raya de los ojos de color verde: se había echado otro.

Ahora los fines de semana eran para Sastre, un muchacho muy listo que estaba repitiendo curso, tenía el pelo largo, barba y patillas generosas, andares de saber atajos y labios, ay... Qué labios tiene, tías, besa superbién.

Sastre tocaba la guitarra, tenía un pequeño estudio para ensayar en un rincón de la cochera de sus padres y mucha música y mucha música y mucha música, tías, le decía Nieves a sus amigas, es que tiene la habitación llena de discos y de cintas, Nirvana, Pearl Jam, Jesus and Mary Chain... Dios, es que es increíble.

—¿Quiénes son esos?

—Ni idea —dijo Nieves—. Me ha grabado unas cintas para que los escuche. Dios. Es que es increíble.

Por eso, por muchísimas razones, pero fundamentalmente porque todo era increíble y Sastre era muy guapo y tenía barba, un amplificador Marshall de segunda mano en la cochera y la habitación llena de cintas, Nieves se hizo alternativa y comenzó a decir, a diestro y a siniestro, que la vida era una puta mierda.

# 3

El club inglés es demasiado luminoso como para ser llamado El club inglés. Y demasiado alegre. Todas las paredes están pintadas de blanco a excepción de una pared sobre la que hay un mural con motivos marinos, azules y corales, algas y caracolas, estrellas y espumas, los brazos de un pulpo con cara de buena persona que asoman de las profundidades del ángulo inferior izquierdo y que, en una fiel representación de la vida bentónica, quieren acariciar a un caballo de mar.

Las mesas parecen nuevas, son redondas y bajas y están rodeadas por sillones tapizados en cuero de color marrón, tres o cuatro sillones por mesa que sí parecen ingleses o victorianos, de otra época o de otra civilización.

La apuesta por lo inclasificable se ve reforzada por un par de ventanas que no dan a ningún sitio y que imitan los ojos de buey de los camarotes de un barco y por una serie de fotografías en sepia colgadas por las paredes en las que aparecen unos señores con bigote muy mayores sentados en los mismos sillones victorianos, sobre sus mesas humo, libros y copas de balón, y por otra fotografía, esta en color, sin marco y apoyada en la balda de los licores, en la que aparecen muy sonrientes en la puerta del hotel Manolo (con el mismo bigote, sin barriga, más joven, más moreno y más guapo) y el rey Juan Carlos.

Ahora El club inglés es un bar donde ingleses y alemanes cenan hamburguesas con patatas fritas o pollo con patatas fritas y cantan *Los pajaritos* y un amplio repertorio de canciones cada noche, animados por el alcohol y por el cantante que el hotel ha contratado para la temporada, un mallorquín de cincuenta y tantos años que a menudo se recuerda, porque nadie se lo dice, que no tiene la culpa de nada.

Algunas tardes, a las horas más absurdas, se presenta en el club algún jubilado extranjero de pipa que al ver los sillones victorianos se imagina la calidad de los pensamientos que podría llegar a tener si se encajara en uno de ellos y se pide un whisky y se lo bebe en silencio frente al hipocampo.

Manolo tenía veintinueve años cuando empezó a trabajar en el hotel, como camarero en El club inglés. Era el año 1981. En efecto, en su primer día de trabajo, la encargada del turno de noche, que era la hija del encargado del turno de día, le dio un abridor y le dijo: «No lo pierdas, Manolo, que no hay más».

Se llamaba Anaëlle Grese y era mitad francesa, mitad alemana. Tenía veinticinco años, los ojos grandes y azules y un pelo finísimo que se recogía en una cola de caballo con la que daba bandazos rubios al caminar con prisa entre los clientes.

Manolo se enamoró de Anaëlle al segundo de recibir el abridor con la advertencia correspondiente, una advertencia larga y rubia que él tensó hasta la fruición a base de inocentes y sobrecogedores retoques en la compulsiva reconstrucción mental de los hechos: «No lo pierdas Manolo, que no hay más», «Manolo, que no hay más», «Ay, Manolo mío, no te me pierdas, Manolo», «No habrá más, Manolito, no habrá más», «Que me pierdo, Manolo, no me pierdas», «No quiero perderte, Manolo, mírame hombre, no puedo más», una licencia que esa misma noche convertiría su cama de noventa en una rigurosa vastedad.

Hasta ese verano, Manolo había trabajado en un buen número restaurantes y de hoteles desperdigados por toda la isla, siempre de camarero y siempre durante la temporada alta, que se extendía desde marzo o principios de abril hasta octubre.

De Argamasilla de Alba, su pueblo, había salido por primera vez con diecinueve años recién cumplidos rumbo a «los hoteles» con la ayuda de su primo Vicente, el primo espabilado (que le había conseguido su primer trabajo en la isla como camarero en un hotel de lujo y un ejemplar de *Los organillos*, de Henri-François Rey, «una novela de guiris en pelotas en la Costa Brava, Manolillo, para que te vayas haciendo una idea», que empezaría a leer esa misma noche), con una misión muy clara: ahorrar todo el dinero posible para ayudar económicamente a su padre, de quien se decía que era gafe y polaco, que aquel año había perdido toda la cosecha de trigo por culpa de una plaga de tizón y un tercio de la viña a consecuencia del granizo.

Los primos llegaron a Palma de Mallorca en abril de 1971. Todo era nuevo y todo quería brillar. El mar, que Manolillo había visto durante unas vacaciones familiares (el viaje a un entierro en Motril) cuando tenía catorce años, una breve visita a la playa en la que el único que se bañó fue él; la abuela Socorro no se bañaba porque era viuda, el padre no se bañaba porque era agricultor, la hermana no se bañaba porque estaba gorda y la madre no se bañaba porque «quita, quita», le pareció distinto: el de Mallorca era un mar traducido al castellano, un mar que había leído, un mar con portada, editado y en bikini del que tenía algunas nociones gracias a su ejemplar de *Los organillos*, cuya visión, hasta entonces literaria y conjetural, no hizo sino corroborar lo que su primo Vicente le había dicho varias veces durante el viaje en barco:

—Mallorca es otro mundo, Manolillo. Te vas a enterar.

Una vez en el hotel, a Manolo le dieron un uniforme y una bandeja y rápidamente se convirtió en una diligente trama vestida de blanco y negro que daba giros y vueltas por la sala del restaurante, como por instinto. A Vicente, considerado ya un veterano (era su tercera temporada en el hotel), le ofrecieron otro uniforme y un puesto como camarero en el chiringuito de la piscina.

Enseguida comenzaron a ver ricos, ricos de cerca, ricos de verdad. Respiraban y se les metían los ricos en los pulmones. A Manolo le fascinaban. Eran muy educados y muy amables, tanto, pero tanto, tanto, tanto, pensaba Manolo.

Ellas le parecían sedosas, como de allá, de no se sabe muy bien dónde, de un lugar que sin duda se encontraba bastante más cerca de allá que de acá y que probablemente estaba colmado de estatuas de mármol y de fuentes y de ciervos azules que correteaban y bebían el agua de las fuentes, un agua que se encañaba sola desde las montañas suizas durante miles de kilómetros hasta esa fuente colocada en ese más allá, y donde las mujeres veían el mundo, los dulces movimientos del mundo, el ciervo hacia la fuente, el sol hacia la estatua, a través de una ventana, desnudas, despreocupadas y blancas, muy blancas. Porque todas llegaban blancas al hotel. Y todas elevaban un puñado de semitonos su voz al hablar; una voz que Manolo solo había escuchado hasta ese verano de pasada y en papel, en los libros que le habían ido prestando unos y otros en el pueblo, especialmente en aquellas novelitas del oeste y de pocas páginas donde ellas servían tragos y ellos bebían tragos y todo se ¡pum!, ¡pum!, ¡pum! Fin.

A Vicente, aquel desfile de ricos no le deslumbraba como a su primo Manolo, en parte porque ya estaba acostumbrado a aquel ambiente y en parte porque, a pesar de estar trabajando detrás de la barra, no se consideraba en absoluto un camarero, sino un artista aún no descubierto o, lo que es lo mismo, un rico sin dinero; es decir, uno de ellos, un rico más.

Manolo escribiría varias cartas a sus padres durante los siguientes meses. En la primera carta, una cuartilla que se agotó con el saludo estándar de la época en letra grande —«Queridos padres: espero que a la llegada de esta os encontréis bien de salud en compañía de los vuestros, que son también los míos. Yo estoy bien, dentro de lo que cabe, gracias a Dios. Cuatro letrillas para deciros lo siguiente...»— y de la que tuvo que aprovechar los márgenes y las esquinas con frases que parecían lombrices y que se aventuraban en todas las direcciones posibles, de arriba abajo, de abajo arriba, en diagonal, cenefas de información pseudocaligramática que asfixiaban los bordes y que llegaban a dar la vuelta a la cuartilla y a formar pequeños caracoles donde se atreviera a existir un hueco (ahí se contaba lo verdaderamente importante, en aquellas líneas sin aire), les habló de un autobús que paraba y paraba y de un puerto de Valencia donde se comieron un par de bocadillos de jamón.

Las olas.

El barco.

La isla.

El hotel.

El lujo.

El uniforme.

Les contó que estaban bien y que ya estaban trabajando, que Palma de Mallorca era muy bonita, pero que todavía no le había dado tiempo a ver nada, que compartía habitación en los bajos del hotel con otros camareros (dos cordobeses muy simpáticos y un inglés de Manchester que hablaba poco, pero que también era muy simpático) y que, por lo general, comían rápido y mal y se quedaban con hambre. Que se había comprado un bañador y esperaba aprender a nadar («o a flotar, por lo menos»). Que le pagarían cinco mil trescientas pesetas a finales de mes y les mandaría un giro postal en cuanto tuviera el dinero en sus manos, que estuvieran muy pendientes del cartero. Que trabajaban mucho, doce o trece o catorce horas al día de lunes a domingo, que apenas tenían tiempo para hablar unos con otros, que todo era trabajar, trabajar, trabajar. Que su primo Vicente dormía en una habitación fuera del hotel, en una casa en la que había camas hasta en la cocina y que por eso apenas tenía trato con él, que le parecía que era mejor así («cada uno en su sitio»), y que, «sin más que contaros, se despide vuestro hijo que os quiere mucho y veros pronto desea».

Para concluir, acorraló como pudo la palabra «postdata» en una esquina y escribió, ya sin letras, con una especie de polvillo de grafemas, con meninas de trazos, lo que para él era un apartado esencial.

Para Manolo, la postdata era el territorio de las noticias trascendentes, el lugar donde nacían, crecían, vendimiaban, se reproducían y morían las personas (postdata: se me olvidaba comentarte que la tía María del Pilar se murió sin avisar la semana pasada y como te imaginas estamos todos terriblemente apenados), aunque siempre había quien se moría en un telegrama («padre muerto») y quien se quería morir al leer el telegrama; el espacio donde los niños hacían la comunión (postdata: con las prisas, no te he dicho que estáis todos invitados a la comunión de nuestra Eladia, que ya está hecha toda una mujercita); el hueco triste, el trozo alegre, la comisura intrépida donde los novios eran novios (postdata: y todo esto te lo escribo vestida a medias, Rafalito, mi amor, a medias, como la luz que hay en esta habitación, qué ganas tengo de verte a solas, tu novia que te quiere mucho y no puede ni sabe ni consigue ni quiere olvidarte); la última oportunidad para anunciar lo que fuera que uno tuviera que anunciar.

Manolo no tenía nada que anunciar.

Escribió «postdata» y se puso a pensar en las cuatro suecas que habían conocido la noche anterior. Llevaba todo el día pensando en las cuatro suecas. Puede que no fueran suecas, pero eran rubias y extranjeras y esos eran todos los requisitos que cualquier chica debía cumplir para ser considerada sueca, esos eran los requisitos del suequismo.

Postdata: Y puede que no fueran cuatro, puede que fueran más, tal vez fueran cinco o seis suecas. No. Tal vez fueran menos, tres o dos.

Postdata: Estaba con otros camareros en una discoteca de un hotel de la zona de Son Armadans (la noche nórdica, las calles rubias) donde trabajaba un tal Moreno, un amigo de los cordobeses. Las suecas bailaban y bebían *lumumbas*. Unas suecas algo borrachas y bastante mayores, que llevaban unos sombreros mexicanos enormes, se pusieron a zapatear frente a Manolo y lo animaron, con aspavientos que ellas creyeron flamencos y Manolo creyó satánicos, a que hiciera algo folclórico. ¿Qué? Lo llamaron torero. ¿Qué?

Postdata: Manolo escuchaba torero-torero y hacía giros como de ballet. Había alcanzado, por obra de la propaganda turística de la época, la otredad máxima, la categoría de *latin lover*.

Postdata: Manolo se puso a dar palmas, nunca en su vida había dado tantas palmas, y se convirtió en un olé-mira-mira-olé. Las suecas le habían dado, sin pretenderlo, una nueva identidad.

Postdata: Propulsado por su nueva identidad, caminó hasta los sillones del reservado y varios contornos lo siguieron (nadie sabe cuántos, Manolo recuerda cuatro). Un contorno llamado Lotta le levantó la camisa y le lamió la barriga. Manolo compuso sin pensar y sin querer un poema existencialista de ocho versos monosílabos, tantos como días llevaba en Palma de Mallorca, mientras una oscuridad llamada ¿cómo? le mordía la oreja.

Sí.
¿Sí?
Sí.
¿Sí?
Sí.
¿Sí?
Sí.
¿Sí?

Postdata: Papá, ¿cómo vas con las cepas? ¿Te apañas bien?

Una noche, Manolo vio a una japonesa. Era la primera japonesa que veía en su vida. Había entrado en el bar tapándose la cara y se había sentado en la mesa del fondo, de espaldas a cualquier mirada, frente a la pared. Manolo le había llevado una Coca-Cola y se había dado cuenta de que la japonesa estaba llorando.

—¿Sabes quién es? —le preguntó uno de los cordobeses.

—¿Quién?

—Adivina.

—Que no sé, coño.

—Es Yoko Ono, Manolo.

—Ah.

—La mujer de John Lennon.

—¿Quién?

—Pero Manolo, el de los Beatles.

—¿De verdad?

—Se han registrado hoy, me lo ha dicho la Hindell, la recepcionista. Dios. Manolo, tienes que pedirle un autógrafo, por favor.

—¿Yo? Que no, hombre, que no.

—Hazlo por mí...

—Pero si está llorando...

—Venga...

—Que no.

—Por favor...

—Pero qué le digo, si yo no sé inglés...

—Llévale esta servilleta y dile *for Ramón, please.*

—Que no, que no. ¿Por qué no se lo pides tú?

—Es que... Anda, hombre, ¿qué te cuesta? Venga, coge la servilleta y llévasela. Dile *for Ramón, please.*

Manolo se acercó a la mesa donde estaba Yoko Ono y deslizó la servilleta y un bolígrafo encima de la mesa y dijo Ramón, Ramón. La japonesa lo miró, le dijo *thank you* y se sonó los mocos con ella.

En la siguiente carta, que escribió seis o siete semanas más tarde, Manolo fue escueto:

Queridos padres, espero que a la llegada de esta os encontréis bien de salud, en compañía de los vuestros, que son también los míos. Yo estoy bien, dentro de lo que cabe, gracias a Dios. Escribo en la litera de la habitación, espero que se entienda bien mi letra (...). Indescifrable. Indescifrable. Indescifrable (...). (...) John Lennon (...). (...) tiré la servilleta con los mocos de la china al día siguiente a la basura (...), indescifrable, (...) policía vino y lo detuvo a él y a la china (...), indescifrable, más que nada por precaución. Vicente se ha ido a Francia, pues dice que para pintar de verdad hay que irse allí. Se lo ha llevado una clienta muy mayor que tiene mucho dinero. Se conoce que le va a mantener para que él pueda dedicarse a indescifrable. Las oportunidades, ya se sabe, pero no estoy yo muy convencido, indescifrable, y es lo que él siempre ha querido. Espero que tenga mucha suerte. Yo estoy muy bien, aunque bastante indescifrable, nadar un poco, indescifrable, más delgado. Indescifrable y ciertamente indescifrable, pero estoy bien y no me puedo quejar.

Postdata: Aquí os mando una foto en la que estoy con los camareros cordobeses y el inglés en la playa, con unas amigas forasteras. La rubia de la izquierda es mi indescifrable.

Habría una última carta en la que Manolo les anunciaría a sus padres que no iba a regresar a Argamasilla.

Por favor, no os vayáis a preocupar por mí.

Les contó que se iba a ir a Francia cuando acabara la temporada en Palma de Mallorca. Que se había quedado sin novia («Lotta se fue») y que Vicente le había escrito una carta desde el mismísimo París y le había contado que vivía con un montón de artistas en un palacio que pertenecía a la clienta que había conocido en el hotel, una señora mayor que se dedicaba desde hacía años a coleccionar artistas.

La señora les daba de comer, les daba algo de dinero y les compraba los lienzos y las pinturas.

Todas las noches, la vieja (a la que llamaban la señora Limón) se encasquetaba una peluca, se pintaba los labios y salía con algunos de sus pintores (se iban turnando, eran muchos) por París. Los llevaba a cenar y muchas veces iban después de cenar al teatro o a la ópera, y otras muchas veces, en una combinación por lo menos curiosa, a los museos y a la cama.

Ay, Manolillo, le había escrito Vicente, si no lo ves, no lo crees. Tienes que venirte a París como sea, esto es el paraíso, Manolillo, el paraíso. Si le digo a la señora Limón que tú también eres un artista, por ejemplo, un pintor renacentista pero abstracto, o sea, surrealista, o sea, con la cabeza bien amueblada, pero muy traumatizado, que son los artistas que a ella le gustan más, seguramente te invitará a venir. Ella no tiene ni idea de nada, es como tú.

Efectivamente, a la señora Madame Lemoine le faltó tiempo para invitar a Manolo a viajar a París.

Manolo se ilusionó mucho, se ilusionó tanto que incluso se puso a pintar en sus pocos ratos libres (con un bolígrafo, sobre cuartillas) durante aquellos días, para ir practicando. Se veía hablando francés, se imaginaba hablando francés como un francés y no entendía ni una sola palabra de lo que ese Manolo del futuro decía, tal vez por eso le gustaba tanto imaginarse hablando francés, porque le resultaba imposible entenderse, porque la voz de aquella versión parisina de sí mismo era distinta, porque sonaba a cliente.

A veces, ese Manolo tan resuelto y francés del futuro se metía en una cafetería y pedía un café y un croissant y decía *merci beaucoup* y entonces el Manolo manchego de Mallorca no tenía problemas para entenderlo, pero otras veces el Manolo del futuro aparecía en algún corrillo de franceses charlando con unos y con otros de Dios sabe qué y en esas ocasiones lo único que podía hacer era observarlo con admiración desde su litera.

También se imaginaba, además de bilingüe, muy bien vestido, paseando con un buen chaquetón (a veces negro, a veces marrón oscuro, pero siempre de piel) por las calles de París, una ciudad brillante que en realidad era una calle larguísima que despedía vaho y canciones lentas por la que paseaban mujeres sin novio y sin reloj, mujeres delicadas y hermosas que olían a casualidad y a lluvia, a puentes y a vainilla, sobre todo a puentes y a vainilla.

De Francia sabía muy poco, lo suficiente como para poder encajarse mentalmente en todo tipo de escenarios y de situaciones, y le parecía lo más natural imaginarse paseando por los alrededores de la torre Eiffel (por la calle larga del vaho) con un paraguas enorme.

Cuanto más se acercaba octubre, más grande se hacía aquel paraguas.

Aprovechaba las noches para ponerse a pintar. Pintaba sobre todo playas, y trataba de ser surrealista, pero nunca estaba seguro de si lo que pintaba era o no surrealista.

—Es una playa, pero nadie lo diría, ¿verdad que no?

—Déjame ver.

Los dos cordobeses se vieron en la necesidad de hablarle a Manolo sobre Julio Romero de Torres —«Cuando vengas a Córdoba, te llevaremos al museo de Julio Romero»—, y otros empleados del hotel y algunos clientes le dieron consejos a Manolo sobre el surrealismo.

—Es pintar escurrido.

—Pinta como si creyeras que alguien te persigue.

—Pinta para dentro.

—Pinta con infancia.

—Pinta de puntillas.

—Pinta tu bandeja.

—¿La bandeja?

—Pinta lo que hay en el medio, nunca lo que hay detrás, jamás lo que hay delante.

—Tú pinta cuando tengas sueño.

—Pinta después de pintar.

—Pintas antes de pintar.

—Pinta lo que quieras, pero sin querer.

—Pero dame un ejemplo.

—Pinta cerrado, como si creyeras que nadie te quiere.

—Échate otra novia, Manolo.

—Quita, quita.

—Tráenos un Martini y un zumo de naranja.

—¿Un ejemplo?

—Sí.

—Pinta un bodegón de mitocondrias, hostia puta ya, nadie ha pintado jamás un bodegón de mitocondrias, me cago en Dios y en la virgen santa puta, nadie se ha enterado aún de que la muerte, la poesía y el amor son juegos mitocondriales en un 99 por ciento de los casos, maldita sea.

—Por el amor de Dios, pinta lo que creas que nunca te va a pasar. Falta el zumo de naranja. Tráenos unas patatillas también.

—Voy.

—Pinta con la boca abierta, así, a, a, a. Lleva unas aceitunas a la doce, Manolo, que tienen cara de querer algo de picar.

—Pinta un poquito, solamente un poquito. Luego sal a la calle y di que no puedes vivir sin pintar.

—Pinta a Franco en bragas.

—¿Por qué no te callas?

—Calla, imbécil.

—No me callo. ¿Por qué? No me callo.

—Que te calles, subnormal, que te va a oír alguien.

—Eso no sería surrealista —dijo alguien—. Eso sería asqueroso.

—Que os calléis.

—¿Os queréis callar ya?

—Pinta lo que tú creas que es tuyo. Vamos a ver, tu pantalón, por ejemplo, ¿es tuyo o te lo han prestado?

—Se lo han prestado.

—Sí, se lo han prestado.

—Sí, me lo han prestado.

—Pues, Manolo, pinta lo que nunca te gustaría llegar a comprender, lo que intuyas que es mejor no pintar ni saber.

—Que pinte lo que quiera.

—Pinta, pero no se te ocurra pensar ni por un segundo que estás pintando; tú piensa «estoy poniéndome los zapatos», piensa «estoy meando», yo qué sé, piensa «estoy nadando, mira cómo nado».

—Pero si yo no sé nadar —dijo Manolo.

—Pues entonces —le contestaron— no puedes pintar. Haber empezado por ahí, Manolo, hombre. Si no sabes nadar, no puedes pintar.

—A no ser... —dijo mientras salía de la piscina un señor que había llegado de Viena esa misma mañana— que pinte lejanías.

—¿Qué?

—Las lejanías se pueden pintar sin saber nadar. En realidad, las lejanías se pintan cuando uno está a punto de ahogarse, que me ahogo, que me ahogo...

—¿Qué?

—Que sí. Lo escuché por ahí el otro día, en un bar del Innere Stadt, precisamente en la zona del Kärntner Viertel (tose, pero poco), en una de esas calles aledañas a Kärntner Strasse.

—¿De qué habla?

—Hablo de Kärntner Strasse. Esa calle grande, esa callējesis, ese callecismo que antaño llamaban, y con razón, Strata Carintianorum, ya cerca de Stephansplatz.

—Qué inteligentísimo es este señor —dijo alguien por lo bajo.

—Yo no entiendo nada.

—Qué interesante es todo lo que cuentas sobre la pintura austriaca, cariño.

—Lo es, mi vida, claro que lo es. Ten en cuenta, mi amor, que si por algo se caracterizan las lejanías acrílicas, y esto lo maduré a la salida del Zentralfriedhof, es por su capacidad para provocar disneas, «quemeahogos».

Silencio.

—No me entiendas mal, Manolo, no me mires así, si te ahogas es asunto tuyo. Yo ya tengo mi vida resuelta en Austria. Bueno, a decir verdad la tengo resuelta en Austria y en todos los lugares... Lo que te recomiendo es que empieces a pintar con un flotador puesto.

—¿Qué?

—Que te pongas un flotador, Manolo. Después pulirás la técnica, pero al principio necesitarás ponerte un flotador para pintar. Hazme caso, que sé lo que me digo, que soy director de orquesta.

—Pinta cordobesas de pistolas y naranjas, Manolo, como las mujeres de Julio Romero de Torres —le dijo uno de los cordobeses.

—Eso, cordobesas de claros de selva, de ojos de matar y de sillas de cuerdas —le dijo el otro cordobés.

—Que no, hombre, que no pinto yo cordobesas. Quita.

—No te agobies, Manolo, que todavía no has empezado a pintar.

—Pinta y sopla, pinta y sopla, pinta y sopla, pinta y sopla.

—Todo está en el soplido —dijo el director de orquesta—. En el soplido y en el flotador, Manolo.

—Pregúntale a tu primo qué es lo que quiere la vieja que pintes exactamente. Que te lo diga sin rodeos.

—Tú dile: oiga, señora, vamos a ver, que yo me entere, ¿qué es lo que hay que pintar exactamente?

—Con exactitud, cojones, que te lo diga con exactitud.

—Y a ver si vas a tener que estar todo el día pintando. Manolo, yo es que no te veo a ti pintando.

—Yo tampoco me veo pintando todo el día, pero suena mejor que irme al pueblo a podar cepas, qué quieres que te diga.

—¿Qué es lo que pinta tu primo?

—Pues el Vicente pinta cicatrices. Personas con cicatrices. Perros con cicatrices. Coches con cicatrices. Montañas con cicatrices. Cristales con cicatrices. A todo le planta una cicatriz. Eso es lo que pinta. Si con decirte que su firma es una cicatriz... Las hace al detalle, por eso tarda tanto.

—La madre que lo parió.

—Y cada cicatriz es diferente, unas son abombadas, otras se van para dentro, otras tienen pegotes, son como cicatrices dentro de cicatrices, es lo más asqueroso que te puedes imaginar.

Silencio.

—Pregúntale a tu primo si podemos ir nosotros también.

Silencio.

—¿Podríamos ir nosotros también a París? —le preguntaron los cordobeses.

Silencio.

—¿Y yo? ¿Puedo ir yo también? —le preguntó Howard, el inglés.

—¿Qué?

Sin embargo, unos días antes de marcharse a París, Manolo recibió una carta de su madre, mitad carta, mitad parte meteorológico, en la que le contaba que la gente llamaba tormenta a cualquier cosa. Las tormentas, decía Paca, no se lían en un momento, Manolo, las tormentas no se lían así como así. Las personas que hablan del tiempo por hablar de algo no saben lo que dicen, casi nunca saben lo que dicen, solo quieren decir algo, lo que sea, solo hablan por hablar. Tú no seas nunca así, hijo mío. A continuación, y como para argumentar lo anterior, pasaba a explicarle que en Argamasilla hacía mucho calor, pero que no era un calor tranquilo, sino un calor nervioso e inquieto, y que muchos andaban presintiendo vientos llovedores y tormentas en los próximos días. No te digo yo que no pueda caer algo, decía, una lluvia rápida, de paso limpio, sin grandes intenciones, no te digo yo que no, Manolito, hijo.

Abajo del todo, en esa verruga de información llamada postdata, le contó que su padre había tenido un accidente tontísimo y fatal con el tractor y le pidió que, por favor, no se fuera a Francia, que se dejara de pinturas y de surrealismos y de francesuras y volviera al pueblo cuanto antes, que lo necesitaban.

Tu madre, que te quiere y desea verte pronto.

Paca.

# 4

Una de las primeras medidas que Nieves Cunningham tomó para ser alternativa fue tirar a la basura el niño Jesús de pasta de escayola y polvo de alabastro que, desde la primera comunión, coronaba su mesilla de noche. La alfombrilla blanca sobre la que había reposado el pequeño Jesús durante tantos años la usó para quitarle el polvo a la guitarra mala. También, y sin saber por qué, dejó de hablar con su madre, que tardó varios días (puede que fueran varias semanas) en darse cuenta de que su hija apenas le hablaba y que si lo hacía era únicamente para responder preguntas directas con insidiosos monosílabos.

Su madre había percibido sensaciones sin nombre durante un tiempo, huecos de silencio a la hora de comer en los que se abismaba la familia entera, incluido el pequeño Roberto, tardes más anchas, motas de rencor, canelones de verduras que no le gustaban a nadie.

El matrimonio iba mal. Siempre había ido mal, pero ahora iba peor: la madre y el padre habían aprendido a ignorarse. Apenas discutían. Las discusiones habían dado paso a extraordinarios períodos de silencio entre ambos, a la indiferencia de los diccionarios.

En paralelo, su abuela Paca se quedaba ciega del todo (llevaba muchísimos años viendo bultos) y se convertía definitivamente en una máquina de lanzar suspiros: «Mi Manolo, mi Manolito».

El día que le trajeron la silla de ruedas a la abuela, Sastre dejó a Nieves después de tres meses y medio de relación por otra chica: su compañera de pupitre en las clases de ética, una tal Rebeca.

El motivo que impulsó a Sastre a romper con Nieves fue primitivo y sísmico:

—Es que me gusta otra y las Navidades están al caer.

—¿Qué?

La dejó en el descanso de cinco minutos que había entre una clase de sonetos de Quevedo («es hielo abrasador, es fuego helado, es herida que duele y no se siente») y una clase de matemáticas en la que el profesor escribió en la pizarra con letras enormes «Sí, o sea, no» y le pidió a los alumnos que lo desarrollaran matemática y geométricamente durante una hora. Un alumno decidió escenificarlo y se levantó y se fue y nunca más volvieron a saber de él. Los alumnos del fondo se pusieron a jugar a las cartas, o sea, a no jugar a las cartas. Nieves se puso a llorar un poco, o sea, a no llorar un poco. Su amiga Mari Campos trató de consolarla como mejor pudo: tachando a Sastre de chuloputas de mierda.

—¿Tú crees?

—Claro, Nieves. Y la Rebeca de mierda es una pija asquerosa de pulseritas de mierda.

—Es que... Joder, solo le ha faltado decirme que me deja porque sus padres han comprado un taquillón nuevo. No lo entiendo, Mari Campos. La Rebeca es más fea que yo. No lo entiendo.

—Es que no hay nada que entender, Nieves, ese hijo de la gran puta es un chuloputas de mierda. Los chuloputas de mierda no existen para que se les comprenda. Son chuloputas de mierda y ya está, tía.

Sastre y la pija asquerosa de pulseritas de mierda comenzaron a salir, y Nieves se refugió (tal y como escribiría años más tarde en el apartado de biografía de su página web) en la *Música*.

Le sucedió algo bastante curioso y es que comenzó a entender sus propias canciones, aquellas letras que había compuesto algunos años atrás, cuando lo único que le importaba del dolor era hacerlo rimar.

Hasta tal punto sus letras le explicaban lo que estaba sucediendo que Nieves llegó a la conclusión de que, de algún modo, Sastre no la había dejado, no había hecho nada original. Ella ya había sido dejada muchas veces y de variadas maneras en muchos estribillos que ella misma había compuesto antes de que alguien la dejara.

Ella ya había aprendido a tener ese trauma.

Todo estaba ya compuesto, cantado y superado.

Nada era nuevo.

Ahora, en las cesuras de sus versos se formaban pasadizos entre lo inventado y lo real, caminos que hasta entonces solo había recorrido en un sentido y que gracias al chuloputas de mierda y su «es que me gusta otra y las Navidades están al caer» podía transitar en ambas direcciones, corriendo y dando palmas si quería, de la causa al efecto y del efecto a la causa sin que entre ellos existiera proporción alguna; caminos que nacían en ella, pasaban por ella y trataban de llegar a ella.

Nacía la artista.

Nieves tenía dieciséis años, estaba despechada y cantaba bien, pero mal, depende. Se justificaba, más que nunca, un cambio radical de letras y de *look*.

En su casa, los cambios también se perfilaban radicales. En pocas semanas, sus padres se separarían definitivamente, y Howard, el padre, se iría a Manchester y los llamaría por teléfono de vez en cuando, algunas veces, en raras ocasiones, de higos a brevas, casi nunca, adiós.

Adela, la madre de Nieves, permanecería en Argamasilla de Alba con Nieves, con Roberto y con la abuela, y sus obsesiones principales durante muchísimos meses serían la de no descolgar el teléfono, por si era su marido, y la de no salir a la calle demasiado, por si le preguntaban por su marido.

Paca, la abuela, ciega e incapaz de caminar, se convertiría en un arpa, en el arpa del poema de Bécquer, se volvería remota y echaría los días sentada en su silla de ruedas en el ángulo más oscuro del salón, con los ojos casi blancos, llenos de manchitas blancas, allí donde moría el mueble bar.

Roberto... A Roberto no le pasaba nada, salvo que se estaba quedando sin pinzas. Jugaba durante horas con las pinzas de tender la ropa a cualquier cosa, a los coches, a la guerra, a los extraterrestres, a los ingleses. Se tumbaba en el suelo del salón con un paquete de pinzas de tender la ropa y podía pasarse horas y horas jugando contra un niño calcado a él (pero zurdo) al que siempre ganaba.

—¿Qué haces ahí solo? ¿A qué juegas?
—A los ingleses.
—¿Y quién va ganando?
—Yo.
—¿Y quién va perdiendo?
—El otro.
—El otro eres tú también.
—Sí.
—Pues bueno.

La relación de tres meses y medio con Sastre había sido, en contra de lo que cabría esperar de dos jóvenes alternativos, bastante comercial. Bonita y sin altibajos, tan literaria como la lista de los ingredientes de la masa de un profiterol:

75 gramos de harina
35 gramos de mantequilla
125 mililitros de agua (o leche)
2 huevos
Un pellizquito de sal

Se habían besado junto al Canal del Gran Prior muchas noches, y eso iba a quedar estupendamente en cualquier estrofa y con cualquier acorde.

Se habían ido un día con las bicicletas hasta el pantano de Peñarroya, y allí se habían escondido de nadie, porque no había nadie, para besarse y meterse mano y hablar del concurso de maquetas al que querían presentarse juntos, él como guitarrista, ella como solista.

*Dos que ya no se besan* fue el primer tema que Nieves compuso tras la súbita ruptura, una epopeya de temática triste y viva ejecución que trepó rápidamente hasta los primeros puestos de la lista de preocupaciones de sus padres, quienes la escuchaban (una y otra vez, una y otra vez) atónitos y en silencio desde el comedor y sin poder intercambiar opiniones entre ellos, ya que no se hablaban.

A *Dos que ya no se besan* le siguió *Si me dices* (título que cambiaría por *No me lo digas todavía*, después por *Dímelo y vete* y más tarde por *Your hands, the water, good bye*, cuatro minutos y medio de cataclismo post-punk con un estribillo extático y un final abierto y misterioso). Su amiga Mari Campos la ayudaría con los arreglos y le sugeriría incluir, entre las estrofas, voces como espectrales, lunares del inframundo.

Escribiría, además, canciones sobre el paso del tiempo *(Navidades al caer)*, la hipocresía *(Wonderful, wonderful)*, la estupidez *(Cuarto y mitad)*, la Luna *(La luna)* y la depresión *(El cuaderno secreto de mi abuela calza la mesa del salón)*, y versionó una de las canciones que Sastre le había grabado, la versión que Depeche Mode había hecho a su vez de la canción *Route 66* de Bobby Troup, a la que llamó *Acuífero 23*.

Fue una época fructífera en lo musical, trágica en lo familiar, acética en lo personal y absurda en todo lo demás.

Aquellas Navidades, las últimas que pasaría su padre en Argamasilla, fueron bastante tristes. Lo fueron a pesar de la visita de su tío Manolo, su tío preferido.

Sastre dolía, era tonto y dolía, caminaba y dolía, era sexi el dolor. Su padre ya no era su padre, era uno que se iba, un guiri que tenía ojos de mirar lejos y que le soltaba frases hechas en inglés, que podríamos traducir por «que te lo explique tu madre» o «son problemas de mayores, Nieves, ya lo entenderás».

—Papá (conversación traducida del inglés), si hay algo que entender, preferiría entenderlo ahora. Creo que no me va a importar mucho nada de esto cuando sea mayor.

—Nieves, Nieves, Nieves...

—Te vas porque no aguantas más en esta casa.

—Nieves...

—¿Y yo? ¡Yo tampoco aguanto más aquí! ¡Yo quiero irme de aquí! ¡Yo no pertenezco a esto! ¡No me dejes aquí con mamá!

Aquella Nochevieja nadie dio más besos de la cuenta. Todos cenaron en pijama menos el tío Manolo, que se puso un poco de perfume y un traje de chaqueta creyendo que después se irían todos juntos de cotillón a Tomelloso, como en años anteriores. A la abuela le pusieron un camisón blanco de corte fantasmal y la colocaron al lado de su hijo Manolo, al que no le soltó la mano en toda la cena.

—Pélame una gamba, hijo.

—Pero suéltame la mano, mamá.

Esperaron atontados las campanadas y después, cuando Roberto ya estuvo acostado, los mayores (Paca, Howard, Adela, Manolo y Nieves) se quedaron un rato frente a la chimenea, en silencio.

Manolo se puso a remover el fuego con el atizador, por hacer algo, y los demás (menos la abuela, que no podía) observaron la operación con alivio, como si el acto de fijar la vista al mismo tiempo sobre el mismo punto fuera un modo alternativo de comunicación, tal vez el único modo posible de comunicación aquella noche, como si hubiera algo que entender acerca de la trayectoria de las partículas encendidas que abandonaban la lumbre.

Ya que la situación era tensa y nadie se hablaba con nadie, le preguntaron a Manolo por su vida y se enteraron de que todo le iba «pues bien, hombre, bien, ahí vamos tirando como podemos». Ya lo sabían, pero no costaba nada volver a saberlo.

Hablaron de Mallorca, del hotel, del trabajo y, de nuevo, se quedaron en silencio.

La abuela dijo que le dolía el culo de estar sentada y que había muchos espías rusos merodeando por la casa.

Se escuchó un «ponle las gotas, que nunca te acuerdas de ponerle las gotas y mira lo que pasa» y un «ya voy».

Adela se levantó y le dijo «venga, mamá, ya estás con la mierda de los rusos otra vez. Vamos, que te voy a acostar, qué rusos ni huevos», y la llevó hasta el cuarto de baño, le puso las gotas de Haloperidol, la colocó sobre la taza del váter y le dijo «vamos, mea».

—No quiero mear, no tengo ganas, Kitty —le dijo Paca.

—Que no me llamo Kitty, que me llamo Adela, coño en Dios, que soy tu hija. Mea ya.

—No quiero.

—Pero, mamá, ¿cómo puedes ser tan egoísta? ¡Eres una cansina! Que mees, que luego me despiertas a las tantas, que estoy harta ya, que hagas el favor de mear, que solo piensas en ti.

—¡Que no quiero mear! ¡Que tú no eres mi hija! ¡Que vienen los rusos!

Paca no echó gota y Adela la llevó hasta una cama que habían colocado al lado de la puerta de la entrada y frenó su silla de ruedas en el borde y la empujó.

Paca cayó de costado y con los ojos abiertos.

—Que vienen los rusos —dijo Paca.

—¡Que no viene nadie!

—¡Que sí, que sí vienen!

—Que te calles ya, mamá, que está Roberto acostado y lo vas a despertar.

—Que me van a matar. Me van a matar, Kitty, me van a matar.

—¡Que estamos en España, mamá!

—¡Que me van a robar todo!

—¡Mamá, por Dios! ¡Pero si tú no tienes nada!

—Que van a cavar un hoyo, que van a cavar un hoyo, que los rusos me quieren tirar a un hoyo.

—¡A un hoyo te voy a tirar yo! —le dijo Adela.

—¡Manolo! ¡Manolito! ¡Manolo! —gritó la abuela.

—¡Pero mamá! ¡Cállate, por Dios! ¡Que te calles! ¡Cansina! ¡Que te duermas! ¡Ahí te quedas!

Nieves miró con tristeza a su padre, le dio un beso a su tío y se fue a su habitación.

—Hasta mañana, tito.

Al pasar por la puerta de la entrada, vio a su abuela acostada con los ojos abiertos y llenos de manchas blancas y con los puños cerrados, lista para atacar.

—Abuela —Nieves le cogió la mano—, no te preocupes, que esta noche hemos preparado un buen despliegue. Tenemos siete perros enormes ahí afuera y media docena de policías vestidos de paisano, hemos puesto un cerrojo nuevo y alarmas de las caras, de las alemanas. Los rusos no van a venir.

—Sí vienen.

—Que no, abuela. Además, en las noticias han dicho que en esta zona ya no quedan rusos, los han capturado a todos.

—¿Eso es verdad? —le preguntó Paca.

—Vaya que sí, abuela. No ha quedado ni un ruso. Estamos a salvo. Duérmete tranquila.

Manolo y Howard se quedaron solos frente a la chimenea, se sirvieron una copa y hablaron de los planes de Howard durante un rato.

Se sirvieron otra.

Y otra.

Y unas cuantas más.

Y acabaron hablando del verano de 1971 y de aquella habitación para empleados en los bajos de aquel hotel de lujo en la que no podían dormir y de las noches borrachos («¿te acuerdas?») y del hambre que pasaban («¿te acuerdas?») y de las suecas («madre mía, Howard, madre mía, las suecas...») y entonces todo era todo y ellos eran ellos y se acababa la temporada y tenían diecinueve y veintiún años, y los alimoches, las pardelas, los alcatraces, los buitres leonados, los milanos negros, las golondrinas, las cigüeñas blancas y miles de temporeros se preparaban para migrar, y todos tenían un lugar al que ir menos Howard, y Manolo quiso ayudarlo y le dijo «pues vente a Argamasilla y ya veremos, hombre, *come on*».

En la calle, entre música, chinchines, congas y petardos se empeñaba en comenzar el año 1995.

—Los años impares son los mejores —le dijo Manolo a Howard.

—¿Tú crees?

—Pues claro.

Se lo dijo con tal convencimiento que Howard pensó que su cuñado podría llevar alguna prueba de aquello encima, y le dio la razón en silencio; su vida impar había sido, efectivamente, mucho mejor que su vida par.

Pocos días después de Reyes, Howard se fue del pueblo. Le había comprado, con el dinero que le había prestado Manolo —«que lo cojas, coño, que sí, que lo cojas, Howard»—, una bicicleta a Roberto y un piano de pared a Nieves.

# 5

—Hola.

En su segunda jornada como ayudante de camarero, José Antonio llega al El club inglés un cuarto de hora tarde. Manolo ya está allí y le dice que no se preocupe, pero que intente, por lo que más quiera, llegar antes, «no sea que la directora baje y me pregunte dónde coño están los camareros». Añade un «vaya cara que traes».

—Lo siento, Manolo. Mañana vendré antes.

—Vale, hombre, vale.

—Es que...

—Da igual, ya está. Mañana vienes a tu hora y listo.

No hay ningún cliente. Detrás de la barra, además de Manolo, hay una chica de unos veinte años envuelta en vapores que está limpiando la máquina del café. José Antonio la saluda, se presenta como «el que empezó ayer» y se da cuenta de que la muchacha no tiene ni idea de quién es, de que le basta esa breve información para situarlo y situarse («ah, vale»), de que ha quedado perfectamente definido con un escueto «el que empezó ayer». El resto, eso que ha hecho durante toda su vida menos un día, ya no lo define en absoluto, se difumina y se autodestruye como un paisaje nublado, como un paisaje de un paisaje de un paisaje nublado.

La chica de los vapores le dice con acento extremeño que se llama Amanda, que es de un pueblo de Cáceres —«Jarandilla de la Vera, ¿lo conoces?»— y que acaba de terminar Antropología.

—Ayer no trabajé porque fue mi día libre.

—Ah, y ¿qué tal? ¿Qué hiciste? —le pregunta José Antonio.

—Bueno, estuve revisando unos temas que tenía que revisar.

José Antonio se siente intimidado por la anchura del dato, «revisando unos temas», y deja pasar un ángel antes de preguntarle a Manolo qué es lo que tiene que hacer.

—Te voy a poner en la plancha.

—¿A mí? ¿En la plancha? Pero si yo no sé, Manolo.

—Que sí, hombre, que sí sabes. Que es muy fácil. Ven, que te explico cómo funciona.

—Pero Manolo...

—Es que la abogada libra hoy y te tengo que poner a ti.

—Pero...

Pasa la tarde, algunos clientes entran, el cantante llega y prepara su alma y su rincón para lo que viene, la bola gira, la noche se llena de rancheras y de alemanes y de urgencias, y José Antonio, en la cocinilla, recibe instrucciones babélicas, comandas que no entiende, porque él sabe lo que es una hamburguesa, pero no es capaz de procesar la frase «dos hamburguesas con queso, José Antonio, para la cinco», y él sabe lo que son las patatas fritas, pero tampoco comprende la magnitud del «que se te van a quemar las patatas, sácalas ya, hombre».

Manolo abre la puerta de la cocinilla para darle más trabajo:

2 hamburguesas con queso y patatas fritas

1 hamburguesa sin queso con patatas fritas

1 hamburguesa normal, pero sin hamburguesa

1 plato de patatas fritas con mahonesa

1 sándwich de atún

1 sándwich de atún sin lechuga

Filete de pollo con patatas fritas

2 sándwiches de pollo, pero mucho ojo: uno de ellos sin lechuga, el otro sin tomate

1 sándwich de salmón

Y al ver el rostro demudado de Antonio, le da una buena noticia:

—Esto se está llenando, macho.

—Joder.

—¿Estás bien?

—No, Manolo, no. No sé. Yo no sé hacer esto.

—Pero ¿cómo que no?

—Que no, Manolo, que no sé, que no sé.

Manolo cierra la puerta de la cocinilla, se coloca al lado de José Antonio y le dice:

—Cúchame bien: cuando te agobies, respira bien hondo.

—¿Qué?

—Hondo. Así. Tú cierra los ojos. Ahora respira y cuenta hasta cinco. Uno, dos, tres, cuatro y cinco. ¿Ves? Ya está. Mírame a mí: más tranquilo que una foto.

—Pero es que yo... Joder, Manolo, si es que no tengo ni puta idea de esto.

—Pero ¿no habías estado trabajando un tiempecillo en una cocina? Mi sobrina me dijo que habías trabajado de camarero y también en una cocina, que sabías un poco de todo.

—Qué va. Te lo dijo para que me metieras, porque me hace falta la pasta, pero yo... Yo no tengo ni idea de esto. Yo soy... Yo estuve trabajando de cámara de televisión un tiempo y luego, cuando me vine a Mallorca, estuve de auxiliar administrativo en una empresa y luego ya me fui al concurso. Nunca he trabajado en una cocina.

—La madre que me parió, deja que hable con Nieves.

—Ella no tiene la culpa, Manolo. La culpa es mía y solo mía.

—A ver, tranquilo, coño, Josantonio, hombre, por Dios y por la virgen puta de los cojones. Vamos a sacar este servicio. Enga. Pon patatas a freír. Eso es. Más. Así, hasta arriba, siempre hasta arriba. Enga. Ahora, ¿cuántas hamburguesas hay que hacer? ¿Cuántos pollos? Filetes, te estoy hablando de filetes. ¿Cuántos filetes? Cuenta. Coge la comanda y cuenta.

—Pero, Manolo, si es que yo no sé.

—Si esto lo hacen los niños, hombre. Con lo alto que eres y no sabes ni freír patatas. Si es que... Mucho concurso y mucho cantar, pero luego hay que hacer unas hamburguesas y mira lo que pasa. Si es que... Pues mañana, que nos toca ir al restaurante, no sé lo que vas a hacer. Si esto te cuesta, hijo, mañana te vas a cagar por la pata abajo.

—¿Mañana qué pasa?

—Todos los viernes tenemos que ir a trabajar al mediodía al restaurante. Mañana os venís la abogada y tú conmigo.

—¿A cocinar?

—No, hombre, no... De camareros. ¿No te han enseñado el restaurante todavía?

—No.

—Pues ya lo verás mañana. Te vas a enterar, macho.

José Antonio resopla, niega con la cabeza y mira a Manolo.

—¿Qué pasa?

—Nada, Manolo. Nada.

—Pos venga.

—Vaya puta mierda —dice José Antonio en voz baja—, y Manolo lo mira y le dice me cago en la leche puta y en la madre que parió a la leche puta.

A la una y media de la madrugada se apagan las luces y se dicen «hasta mañana». José Antonio cruza la carretera y se sienta a esperar el autobús. A su espalda, los yates se mueven compasadamente en el agua. En la calle hay pasos, risas, cuellos de camisas hacia arriba, jóvenes con ganas. Nadie lo reconoce. Nadie se le acerca. Está cansado. Enciende un cigarro y mira su móvil. Ningún mensaje.

Son cerca de las tres de la noche y José Antonio no tiene sueño. Tiene calor y la cama le queda pequeña. No puede dormir, sigue haciendo hamburguesas, dos con queso, dos sin queso, ¿sale o no sale? ¡Sale! ¡Oído! La siete quiere más pan, a la doce le faltan las patatas.

—Voy.

La quiere muy muy muy hecha, no tiene sueño, la quiere sin lechuga, ya voy, ya voy, ¡venga!, cuidado, que te cortas, no tiene sueño, la quiere sin carne, no tiene sueño.

—¿Cómo es posible que alguien pida una hamburguesa sin carne? —le ha preguntado a Manolo.

—Vete acostumbrando, que de estos que no comen carne hay cada vez más —le ha dicho Manolo—. Lo que quiere es un bollo con tomate, lechuga y mahonesa encima de un plato, tú pónselo, que para chulos, nosotros.

Y mientras José Antonio preparaba el bollo, Manolo se animaba y le respondía todas esas preguntas que él jamás se había planteado.

—¿Sabes qué es lo más difícil de ser camarero?

—No, ¿el qué?

—Pues hacer como si todo lo que oyes y todo lo que ves fuera lo más normal del mundo. Eso es lo más complicao, macho.

—Ya.

—Puedes llevar ochenta mil platos en una mano, doscientas mil copas en una bandeja, ser el más rápido y el que mejor habla alemán, pero si no sabes estar callado y sonreír, no vales nada.

—Vale...

—Eso no te lo enseñan en ningún lado: o sabes o no sabes. Que quiere una hamburguesa sin hamburguesa: sí, señor, enseguida se la traigo. Que quiere un tenedor de plástico para tomarse la sopa: ahora mismo, señor. No le preguntamos nada porque no nos pagan para eso, punto pelota. Sonreímos y le decimos: desde luego, señor, ahora mismo se lo traigo, ¿desea algo más? Que te pide la tropical y cuando se la llevas te dice que había pedido la mallorquina o que no te había pedido nada, o que ni siquiera está ahí sentado, que en realidad está en la playa con su mujer y tú te lo has imaginado todo: le ruego que me disculpe, señor, me he equivocado, no me entero de nada, estoy zumbao. Y te das un cabezazo contra la pared y se te pasa. Que le tienes que hacer la reverencia del pan, se la haces.

—Pero... ¿qué reverencia del pan? ¿De qué reverencia hablas, Manolo?

—Joer, macho, pues de la reverencia del pan, cuál va a ser, si no hay otra. Cuando vas con el cestico del pan y te inclinas un poco. Ya está. Te pones la otra mano detrás de la espalda y te inclinas un pelín, no mucho. Así (coge un cesto y la hace).

—Joder.

—Si piden hamburguesas, no hay reverencias que valgan, pero si piden platos más elaborados, reverencia al canto.

—Pero ¿qué platos elaborados?

—Pues las ensaladas o el sándwich de salmón, Josantonio. Ahí ya vas pensando en inclinarte. Y si llevas tajo parejo tus mesas y todas están comiendo, no te quedas quieto.

—Ya, ya...

—¿Sabes qué es lo más difícil de ser camarero, después de saber estar callado?

—¿El qué?

—Saber no estar quieto.

—Ya.

—Parao, nunca. Parao, jamás. Te coges el cesto ese y te lías a dar vueltas y vas ofreciendo pan. O te coges la bayeta y te pones a limpiar la barra. O te pones a repasar cubiertos o vasos, lo que sea, siempre hay algo que hacer. Los huevos no te los vas a rascar.

—Vale, vale... —dice José Antonio.

—Lo que pasa es que la gente se cree que esto es llegar y venga, ya soy camarero.

—No, Manolo, de verdad, yo no pienso eso.

—Esto es una vida, hijo, una vida entera.

—Ya...

—Llévale el bollo este ya, hombre.

—Voy.

Voy, voy, voy. José Antonio no puede dormir. Hace mucho calor. Está nervioso.

Después, Amanda le ha explicado cómo tenía que agarrar el cuchillo y José Antonio se ha sentido poco hombre.

—Si no eres cocinero, métete en la cabeza que siempre, pero siempre, el cuchillo lo estás cogiendo mal. El dedo índice no se queda estirado por encima del filo que no corta. Es cierto que queda como elegante, pero no es práctico, se coge el cuchillo así, mira, que yo he trabajado de camarera todos los veranos desde que empecé la universidad y sé lo que me digo.

—¿Así?

# 6

Cuando, a finales de octubre de 1971, Manolo apareció en Argamasilla de Alba acompañado de un extranjero, su padre pensó que Manolo era tonto, su madre pensó que el guiri era un espía, su hermana pensó que el guiri era muy guapo y el pueblo entero pensó que los dos eran maricones.

Paca, la madre de Manolo, tenía desde hacía años la costumbre de anotar todas las noches en un cuaderno los acontecimientos más destacables de la jornada, a menudo estrictamente meteorológicos:

Lunes: sigue sin llover.

Martes: viento.

Miércoles: sigue sin llover.

Jueves: viento.

Viernes: diablos de polvo.

Sábado: amaneció nublo.

Domingo: anocheció brillante.

También asomaban de tanto en tanto algunos apuntes demográficos (Isabel ha dado a luz un niño de cuatro kilos y medio), forenses (el padre de Tomasa se ha muerto de pena) o agrícolas, estos en mayúscula (EMPIEZA LA VENDIMIA, TERMINA LA VENDIMIA, EMPIEZA LA PODA, TERMINA LA PODA), pero tras la muerte de su primer hijo cuando este apenas contaba quince meses, y durante muchos años, los diarios de Paca le hicieron sitio al espanto de la culpa y de la depresión, si bien nunca, ni siquiera cuando al año siguiente se murió su madre, dejó de escribir su línea sobre el tiempo:

«Se ha muerto mi madre,
renglón en blanco,
renglón en blanco,
ha llovido un poco.»

De aquel primer niño no les quedó ni el nombre. Se lo volvieron a poner al siguiente hijo, que nació dos años y dos abortos más tarde, en 1952.

Paca tenía veintinueve años cuando dio a luz a su segundo Manolito y unas ganas horribles de llorar, de vivir llorando, que la dejaran llorar, que me dejéis, que la dejaran, que me dejéis, que no quiero levantarme, que no quiero ver a nadie.

—Pero mujer...

—Vamos, anda...

Como Paca no se hacía cargo del niño, como no lo cogía en brazos ni lo lavaba, como ni siquiera quería darle el pecho y ya su marido la había encontrado varias veces llorando a oscuras en un rincón de la cueva donde hacían el mosto, la casa comenzó a llenársele de cuñadas. Y de primas. Y de tías.

Las voluntarias se presentaban temprano, por pares, remangadas, con sus chiquillos y con espíritu de jornaleras, como si fueran a vendimiar a la misma Paca, y le limpiaban la casa y se ponían a cantar. «Venga, Paquita, canta una copleja, que a ti te gusta cantar», «venga, Paquita, vamos a dar un paseo, que a ti te gusta pasear, vamos hasta la esquina y volvemos» y le preparaban el hato del campo a su marido y, a media mañana, que era cuando Paca se mostraba más receptiva, se sentaban en la orilla de su cama y le acercaban al niño.

—Tócalo, mujer, que es tu hijo, que te necesita, Paca, pijo en Dios, que solo te tiene a ti.

Paca se alzaba un poco y tomaba en brazos a su Manolito, pero sin mirarlo, cerraba los ojos y sostenía aquello que se parecía tanto a su primer hijo mientras las demás la observaban incrédulas y algo avergonzadas y aguantaba las ganas de tirarlo al suelo para que no pensaran que no lo quería.

—Venga, Paca, dale un besillo al niño.

Y Paca le daba un beso a su Manolito y se ponía a llorar y decía que ya está, que ya está, que ya está, que ya está, que ya está, que ya está, que ya está, que ya está, y no dejaba decir que ya está hasta que se lo quitaban de encima.

—Pues como tú quieras, pero, cuando venga tu marido, tiene que verte con el niño en brazos.

Después de varias semanas, Paca mejoraría. No mucho, no espectacularmente, lo justo para que se atrevieran a suavizar la guardia y a dejarla sola (venga, a la tarde me paso un rato, Paquita, ahí te quedas) con su niño, con su casa, con su marido y con la lata de dulce de membrillo en la que guardaba sus cuadernos, unos diarios en los que ya aparecían ciertos síntomas de recuperación y de interés por el futuro, pues había introducido, sin proponérselo, un apartado nuevo, uno que evidenciaba su creciente necesidad de sentirse a salvo y de saber qué iba a pasar: Paca ya pronosticaba el tiempo; lo hacía a tres o cuatro días vista y en secreto, sin ánimo de informar a nadie salvo en caso de lluvias, pero no lluvias cualquiera sino lluvias furiosas, lluvias sin bragas, lluvias despendoladas, lluvias de verdad, trombas que pudieran desdibujar o enturbiar o borrar directamente la línea del horizonte.

Había un deleite raro en aquel adivinar, en despertarse (ese torpe caer, ese lento acercarse a la vida en espirales, ese hacer tiempo en la cama para cogerse algo de cariño) y comprobar si había acertado o no, si se había equivocado mucho o poco, y por las noches se envolvía de probabilidades, ajustaba sus predicciones a los últimos sucesos meteorológicos y depuraba el método y no había viento que no le doliera en el tobillo.

Revisaba en sus apuntes los terrales, los solanos altos, los solanos hondos, las tormentas, los pájaros que se iban, los pájaros que venían, las nubes de borreguito, las nubes afiladas, el cerco de la luna y los soles anteriores y sentía la obligación de comprenderlo todo, de anticiparse al mundo, de matarlo un poco, y nadie, ni su marido, ni sus vecinas ni sus cuñadas, nadie (salvo tal vez aquel hombre tan guapo e inteligente que años más tarde aparecería en su televisión con una tiza en la mano y un buen mapa de cartón detrás lleno de borrascas) hubiera podido imaginar cuando la escuchaban anunciar, como sin ganas, «me paece a mí que mañana va a llover por la tarde», que aquello era lo más importante que Paca tenía que decir.

Un día, era invierno y Manolito («el Vivo», así lo llamaba Paca en sus cuadernos) tendría ya siete meses, Manuel llegó del campo y se extrañó (no mucho) de que su mujer no estuviera en casa, ni su hijo. Fue un «¿Paca?» muy lacio, como de haber bebido.

—¿Paca?

Pasos.

—¿Paca?

Pasos.

Pasos.

—¿Paca?

Pasos

Pasos.

Pasos.

Durante estos años, los que van de Manolito I a Manolito II (o de Paquita a Paca), Manuel había presenciado en primera línea de congoja la metamorfosis de su mujer, sus ojos cerrados en la cueva, las lágrimas, el mejorar y, en los últimos dos meses, las tardes en las que Paca abría la puerta y se iba con el niño en brazos, con la lata de los dineros, con las alpargatas de andar por casa y con los cielos tontos por ahí.

Siempre volvía al cabo de unas horas.

A las frustraciones vitícolas (no había año que no le pasara algo a las cepas o que no se le deprimiera una mula o que no le cayera un rayo a una vid), Manuel había tenido que sumar las propias de quien pierde a un hijo y, simultáneamente, las de quien pierde a su mujer, pues, aunque Paca existía, Paca faltaba.

Manuel sentía que entre el sí quiero en la salud y el sí quiero en la enfermedad, en algún respirar de algún espacio de aquella frase, se habían reído de él, lo habían timado.

Esa tragedia que nunca terminaba, que siempre estaba ahí, esa mujer que no se cansaba de estar triste ni de gritar en sueños, esa cama de mierda en la que las noches se volvían trenes, trenes que se acercan, grandes, trenes que nos aplastan, Paca, reacciona, por favor, que nos pasan por encima y nos desbaratan la vida, ese niño nuevo al que una mujer que no era su Paquita le daba el pecho, todo eso y una disposición natural para el remiendo había hecho que Manuel perdiera la vergüenza y se acercara de vez en cuando a Tomelloso, a la casa de una señora de la que, por peseta y media, salía masturbado y por dos pesetillas más, como nuevo.

Manuel bajó a la cueva.

—¿Paca?

—¿Estás?

—¿Paca?

—¿Estás?

—¿Paca?

—¿Paca?

Y se quedó un buen rato allí, con la poca luz que pasaba a través de la lumbrera, sentado en la misma banqueta en la que había visto a su mujer, toda de negro, algunas veces después del entierro de Manolito I y bastantes veces después del nacimiento de Manolito II.

Se quedó quieto, muy quieto, e imaginó que algún vecino sin rostro, uno de esos extras de la imaginación que nunca tienen rostro, que nunca saben lo que tienen que hacer ni por qué están ahí, le traía a su mujer de vuelta y le decía «estaba yéndose, Manuel, lo siento mucho, me la he encontrado camino de la estación de Cinco Casas» (es decir, camino del camino)"; e imaginó también que otro vecino sin rostro se cruzaba con él por la calle y se reía, se reía a carcajadas sin su rostro, era solo una boca, una boca con risas, con chistes sin gracia; e imaginó que su hermano Arturo y Balbina, la mujer de su hermano Arturo, le decían «mira, mira, Manuel, mira cómo ha crecido nuestro Vicentito, hay que ver, así podría estar tu primer Manolito de grande ahora»; e imaginó también que Paca llegaba como volando y bajaba a la cueva con Manolito el Vivo, le daba un abrazo y le hablaba del tiempo: «*Croque* mañana hará sol. Vamos a olvidarlo todo, Manuel, ya no voy a intentar escaparme, de verdad, ya no voy a hacer esas cosas»; e imaginó, porque lo cierto es que estuvo mucho rato imaginando, que Paca se moría, que aparecía yerta y sin vida en las afueras del pueblo, tiesa como un recuerdo fresco, agarrada a la lata del dinero y cubierta por completo por la palabra que, en los últimos días, había soliviantado las páginas de su cuaderno: la nieve.

El único indicador que Manuel tenía para saber cuándo su mujer había intentado escaparse y cuándo había salido simplemente a hacer algún recado era la latilla del dinero: si la lata estaba en su sitio, Paca volvía al cabo de un rato; si la lata no estaba en su sitio, Paca andaba de escapada, pero también volvía al cabo de un rato.

La había seguido una tarde. Posiblemente no fuera la primera vez que Paca intentaba irse, pero era la primera vez que Manuel se percataba de que la lata del dinero no estaba en su sitio. La había buscado por todo el pueblo y, al final, la había encontrado (la vio desde lejos) en las afueras, al pie de la carretera que va a Manzanares.

Estuvo mucho rato así, parada, con un cenacho lleno de ropa, con el niño y con el camisón asomando por debajo de la falda, toda insólita. Manuel quiso acercarse a ella, sabía que debía hacer algo, regañarla, llevarla de vuelta a casa, recuperar la lata del dinero, recuperar a su hijo, que también era suyo, que también es mío, cojones, pero no pudo.

Se había sorprendido muchísimo al ver a su mujer, a su Paca, en plena fuga. Se había quedado paralizado. La Paca que él conocía, la última de las Pacas que él conocía era una mujer de llorar a oscuras, de mirar muy lento y de hablar bajito, no una mujer de acción. Cuanto más observaba aquella silueta negra rodeada de páramo, más confusión sentía. ¿Por qué, Paca?, ¿por qué me haces esto?, pensaba.

De la conmoción pasó a experimentar vergüenza. Y luego rabia, pero poca, y luego pena, bastante. Y, mientras tanto, Paca se sostenía encima de un paisaje amarillo al pie de una carretera que por alguna razón que solo ella conocía acabó revelándose como la carretera equivocada, pues terminó dándose la vuelta y regresando a su casa.

Cuando un poco más tarde Manuel entró en la casa, la lata del dinero ya estaba escondida bajo un trapo en la gaveta, el niño estaba en la cuna y Paca estaba dando vueltas por la cocina, nerviosa. Manuel no fue capaz de preguntarle nada. Le dio un beso en la mejilla y le dijo que venía del bar. Pensó que tal vez Paca se había enterado de sus visitas a la prostituta de Tomelloso. No quiso saber por qué su mujer había hecho aquello ni adónde pretendía llegar. Le bastó con saber que ya estaban de vuelta, ella y el niño, que su mujer no tenía el valor para marcharse de Argamasilla y dejarlo allí solo, y por eso, porque estaba convencido de que Paca siempre elegiría volver, no fue en su busca la siguiente vez que faltó la lata del dinero, ni la siguiente, ni la siguiente ni la siguiente.

Sin embargo, esta tarde de cueva y nieve, la lata del dinero sí estaba en su sitio. Paca volvió con el niño cuando estaba anocheciendo. Se había pasado el día entero en la casa de su cuñada Balbina, haciendo roscos fritos. Llegó con una caja llena de roscos y oliendo a azúcar y le dijo que hacía mucho frío y que estaba embarazada de tres meses, según sus cálculos. En su cuaderno escribió: «Qué va a ser de mí, renglones en blanco, puedo vender roscos».

—Tu madre —le dijo Howard a Manolo.

—¿Qué pasa?

—Tu madre me dice que me voy.

—¿Qué?

—Yo voy a Manchester, Manolo.

—Pero ¿por qué? ¿Qué ta dicho?

—Ella me dice «mañana te vas de mi casa».

—¿Que te ha dicho qué?

—Mañana te vas de mi casa, maricón.

—Pero ¡cómo te va a llamar maricón, si acabas de llegar! Deja, hombre, no le hagas caso que ella habla sí. ¿Ande te vas a ir?

—Pero...

—Aquí hay mucho trabajo que hacer, tenemos que podar todas las cepas.

—No sé, Manolo, no sé.

—No te lo tomes así, hombre, Howard, eso te lo habrá dicho mi madre por decir, si es que ella habla así. Tú te quedas y no se hable más, ¿ande te vas a ir?

—Bueno.

En mayo de 1953, un mes antes de que Paca diera a luz a Adela, el hermano pequeño de Manuel apareció muerto en la calle, de madrugada, en la puerta de la casa de Carnepavo, uno de sus mejores amigos. Cuando Carnepavo se entregó a la policía todavía estaba borracho, y no fue capaz de explicar por qué lo había matado, pero sí cómo y en qué circunstancias lo había hecho.

Según contó, los dos habían estado bebiendo en la taberna, y cuando ya estaban borrachos y ya les parecía que era tarde, habían discutido sobre quién iba a acompañar a quién.

—Arturo insistió de más —le dijo Carnepavo a los policías—. Me cansineó y me cansineó y venga, Carnepavo, que yo te acompaño, y venga y venga y venga y erre que erre, me cago en todo lo que se menea, que yo te acompaño, que yo te acompaño, cojones.

—¿Qué?

—Que no me quedó más remedio que dejar que me acompañara.

—Ay.

—Cuando llegamos a la puerta de mi casa le dije «mira, Arturo, espérate ahí un momento, no te muevas, no te vayas a mover, que ahora salgo». Entonces entré en mi casa, cogí un puñalejo, salí y se lo clavé.

—La virgen puta.

—Yo no quería matarlo, no quería, se lo juro que no quería... No entiendo nada, ¡pero si Arturo es mi amigo!

—Era, era —le dijo un policía.

A Carnepavo lo metieron en la cárcel.

Balbina Morán, la cuñada de Manuel, se quedó viuda a los veinticuatro años.

Vicentito se quedó sin padre a los cinco.

Los días que sucedieron a la muerte de Arturo Dorado fueron cálculos tristes, pésames largos, cuentas muy rápidas.

No tenían nada.

Al niño lo paraban por la calle y le daban besos, lo abrazaban, le preguntaban por su madre; algunos incluso le daban dinero.

Un día, en la puerta de la escuela, una señora le preguntó a Vicente si era cierto que se habían ido a vivir él y su madre a la casa de su tía Paca, y antes de que Vicente pudiera decirle que sí, que ahora vivía con su primo Manolito y con su tito Manuel y con su tita Paca, la señora le dijo a otra señora que había por allí: «Madre mía, la Balbina, viuda, tan joven, con un hijo y con el que viene de camino».

A Vicentito aquello le sorprendió mucho.

—¿Quién viene de camino?

La señora le sonrió, le dijo «tú pórtate muy bien con tu madre, sé muy bueno con tu madre», y se fue.

—Pero...

Lo dejó solo con su pregunta, solo y con una angustia muy rara que le haría estar medio alegre y medio nervioso al mismo tiempo, y que trataría de solucionar aquella misma tarde quedándose sentado en el umbral de la puerta de la casa de sus tíos, mirando a un lado y a otro, entregado a la tarea de descubrir qué era lo que estaba de camino, qué es lo que viene, qué es, por qué punto del horizonte se manifestaría, por qué tardaba tanto, por qué, por qué, por qué.

—Vicentito, escucha, tu padre se ha ido bastante lejos —le habían dicho.

Estuvo algunas tardes así, atento, vigilando durante horas o durante lo que a él le parecía que eran horas (pero ¿se puede saber qué haces ahí solo, Vicente? ¿Se puede saber qué haces tanto rato en el tranquillo? A ver si llega mi padre, respondía el niño) las lindes de la calle en la que se encontraba la casa de sus tíos, y a veces se le olvidaba qué era lo que hacía allí sentado y se levantaba y se iba a jugar a la plaza con su amigo Andresito, y entonces volvía a recordarlo todo, pero no se daba cuenta de que lo estaba recordando todo, no podía distinguir las ganas de resolver las intrigas del camino de las ganas de pegarle una paliza a su amigo Andresito, y tampoco podía distinguir el llanto de Andresito del suyo propio.

El día que Andresito llegó a su casa llorando con un brazo roto, a Vicente lo castigaron para el resto de su vida. Balbina lo bajó a la cueva y le dijo que no iba a comer nunca más, que no iba a salir a la calle nunca más y que nadie lo iba a querer nunca más. Por descontado, nunca más iba a pisar la escuela y, por lo tanto, además de quedarse encerrado se iba a quedar tonto.

Los primeros minutos de encierro fueron bastante duros. Vicentito los pasó llorando, sácame de aquí, mamá, que me saques de aquí, mamá, mamá, que me saques de aquí. Después de un rato, Balbina lo sacó de la cueva para darle un vaso de leche en la cocina y le recordó que nunca más iba a comer, que la leche no entraba dentro del castigo porque se trataba de un líquido y no había que masticarla.

—Comer, lo que es comer, no vas a comer nunca más.

—Vale.

—Bébete la leche, anda.

También le dio una cuartilla y un lápiz para que dibujara, porque dibujar era, después de pelearse con Andresito, lo que más le gustaba hacer a Vicente, y después lo llevó a la habitación, lo acostó y le dijo: mañana te espera un día entero de cueva, venga, duérmete.

Vicente le dio un beso y se quedó dormido abrazado a ella.

A la mañana siguiente, Balbina lo volvió a llevar a la cocina y le dio otro vaso de leche, e insistió de nuevo en que la leche era un líquido y en que él estaba tan castigado como el día anterior. Le dio un beso y le dijo que los besos no entraban dentro del castigo porque no había que masticarlos y que, por lo tanto, ella podía darle todos los besos que quisiera.

—Y ahora, a la cueva, despídete de todos, anda.

—Tito, me voy a la cueva, adiós.

—Despídete para siempre de Manolito también —le dijo su madre—, ya no lo vas a volver a ver. Nunca más volverás a ver a tu primo.

—Manolito, que me voy a la cueva.

Balbina lo acompañó a la cueva, lo encerró y se fue arriba a hacer las camas. Al cabo de un rato volvió a la cueva y le preguntó a Vicente si tenía ganas de mear.

—¿No quieres mear otra vez?

—No.

—Bueno, pues te quedas aquí, porque sigues castigado.

Vicentito no hizo ningún comentario al respecto, era como si ya se hubiera resignado a morir en la cueva, como si ya entendiera el nunca y el siempre, el hambre y el morir. Le pidió a su madre más cuartillas para dibujar y le entregó el dibujo que había hecho.

En el dibujo había un camino, y al fondo del camino había una persona o algo parecido, una especie de loncha de individuo que tenía un globo en la mano, a cuyo lado se sospechaba un niño. También había pintado dos bolas muy grandes, muy serias y muy negras, cada una con un mandil, su tita Paca y su madre, ambas llorando. Se diferenciaban bien porque a su tía Paca la había dibujado tumbada sobre una cama y a su madre la había dibujado de pie, falta de suelo, levitando.

La loncha de persona que nacía en la línea divisoria no tenía ojos ni boca ni nariz ni orejas, por algo era una loncha de persona. Tenía algunos elementos humanos, eso sí, como los brazos y las piernas, y también tenía algunos elementos familiares, como una cicatriz, que Balbina reconoció de inmediato, ya que Vicente siempre pintaba a su padre con una cicatriz en el brazo, una de la que Arturo siempre había estado muy orgulloso.

El niño, o el planteamiento de niño, miraba hacia la loncha y sonreía, pero como la loncha no tenía boca, no podemos saber si también se estaba riendo; ni siquiera podemos saber si se daba cuenta de que tenía compañía.

—¿Esto es papá? —le preguntó Balbina.

—Creo que sí —le dijo Vicente.

—Pues anda, si no lo sabes tú, vamos apañaos. Sube parriba ya, so dibujante, ¿pos no dice que no sabe quién es ese? Y sigues castigao, Vicente, que me tienes harta, no se te vaya a olvidar que me tienes harta, sube un ratico a la cocina y te vuelves aquí otra vez.

Vicente cogió su dibujo, subió a la cocina y se lo dio a su tío Manuel, quien distinguió de inmediato a las embarazadas. Su mujer, no había dudas, era el volumen acostado que lloraba; su cuñada, el volumen erguido que lloraba. Manuel observó el dibujo, se puso muy serio y le dijo a su sobrino: «Mira, Vicentito, las personas tienen que sonreír. La boca la tienes que pintar como si se rieran. Para verlas llorar ya tenemos todo el santo día. Tú píntalas contentas a las dos».

—¿Por qué?

—Pues porque sí, porque ellas se ríen mucho, pero se ríen en secreto, cuando no las ve nadie.

—¿Sí?

—Sí. Y yo que tú pintaría unas cuantas nubes, que a tu tía Paca le gustan mucho las nubes. Píntalas, que tienes el cielo pelao, y se lo llevas a la habitación.

—¡Manuel! —gritó Paca desde la habitación—. ¡Ya! ¡Ya! ¡Manuel! ¡Balbina! ¡Que ya viene!

Siete horas más tarde se incorporaba un nuevo llanto a la familia, el de Adela.

—Tu hermana... —le dijo Howard a Manolo mientras podaban las cepas.

—¿Qué pasa con mi hermana?

—Nada. Yo...

—¿Qué es lo que pasa?

—Manolo, yo no quiero ir al cine con Adela.

—¿Qué?

—No quiero.

—Pero... ¿Por qué?

—Es que...

—¿Qué dices?

—No me gusta Adela.

—¡Adiós, amoto! Que le da vergüenza ahora. Enga, hombre, si a mí me da igual. Te vas con ella, yo no me voy a meter. ¡Si sois tal pa cual!

—Manolo, no quiero, yo, es, yo, no, no, yo... Yo me voy a Manchester.

—¡Qué dices de Manchester! ¡Tú vete al cine con mi hermana, hombre, que a mí me parece muy bien, yo no me voy a meter! ¿Cómo quieres que te lo diga? No me voy a meter. Tranquilo, hombre, Howard, coño.

# 7

En abril de 1995 se celebró en Argamasilla de Alba la primera edición del AWWF (Argamasilla's Windy Weekend Festival), el primer concurso nacional de maquetas de Argamasilla, en el marco de las III Jornadas Gastronómicas de la Gacha Manchega, las JGGM. Lo convocó la Concejalía de Juventud y Medio Ambiente del Ayuntamiento de Argamasilla de Alba, que entonces estaba formada por una sola persona, don Juan Luis Cano García, el marido de la hermana del padre de Sastre.

A pesar del carácter nacional del concurso (que se anunció en varios periódicos y en dos emisoras de radio), solamente se presentaron un total de siete maquetas, de las que seis eran de la provincia de Ciudad Real (una de La Solana, tres de Tomelloso y dos de Argamasilla) y una de Albacete ciudad.

Las bases del concurso establecían, dado que se esperaba una mayor participación, que solamente pasarían a la final las seis mejores maquetas, las cuales serían seleccionadas por un jurado compuesto por el propio don Juan Luis Cano García, la profesora de música del instituto, el dueño del Karaoke Maylu y «varias personalidades del mundo de la música», cuyos nombres nunca se llegaron a desvelar, ni tan siquiera a sospechar.

Como solamente había que eliminar una maqueta, don Juan Luis, por no molestar a los demás miembros del jurado, decidió descartar por su cuenta al grupo de Albacete, más que nada, pensó, porque son de Albacete. Sin embargo, ya por la noche y en la cama, su mujer le hizo dudar acerca de la decisión que había tomado «tan a lo loco».

—Estás medio tonto, Juan.

Según su mujer, el único logro de la convocatoria, lo único que corroboraba que allí se iba a celebrar un festival *nacional* en lugar de una verbena era la presencia entre los finalistas de un grupo de Albacete.

—Es más —le dijo—, si de Tomelloso se han presentado tres grupos, pues lo más lógico es que elimines uno de Tomelloso, así tendrán las mismas oportunidades de ganar que los de Argamasilla; dos y dos, Juan, es lo más justo, dos y dos.

—Pues sí —le dijo don Juan Luis a su mujer—, es verdad, Carmen, es verdad, tienes razón.

—Esto va en serio, tía, nos han seleccionado.

Eso era lo que le decía Mari Campos a Nieves mientras cruzaban la plaza de Alonso Quijano, entre las estatuas de Azorín y Cervantes, vestidas de riguroso *grunge*.

—Nos lo merecemos —dijo Nieves.

Era por la tarde, un viernes, y caminaban con prisas hacia la casa de Nieves para ensayar los temas que, en un par de semanas, tendrían que cantar en directo, en un escenario, frente a un público, por primera vez.

—Esto va en serio —repetía Mari Campos—, esto va muy en serio, tía, nos han seleccionado.

—Esto siempre ha ido en serio —dijo Nieves.

Las canciones que había que ensayar eran tres: *Dos que ya no se besan*, *Your hands, the water, good bye* y *El campo en sueños*, todas compuestas por Nieves y arregladas por Mari Campos.

*El campo en sueños* era un tema experimental, que llevaba las posibilidades musicales de Nieves y Mari Campos hasta el límite, cuyo título era un fragmento de un verso de un poema de Antonio Machado, a quien Nieves consideraba el primer *grunge* de la historia por su poema «A un olmo seco». Así lo había dejado por escrito en un comentario de texto en un examen: «El poeta sienta en "A un olmo seco" las bases del movimiento *grunge*. La autocompasión, la esperanza, el desamparo, la búsqueda de la libertad y la estética de leñador. [...]. Todo lo que dice Eddie Vebber en *Even Flow* ya lo dijo Machado en "A un olmo seco", solo que mucho mejor».

Se trataba de una canción hablada, al estilo de *A dream*, de Lou Reed y John Cale, u otras como *Melody*, de Serge Gainsbourg, o *Private investigations*, de Dire Straits, aunque ninguna de las dos había escuchado jamás ninguno de esos temas (escuchaban, sobre todo, una cinta que le había regalado Sastre a Nieves cuando llevaban un mes de novios, una en la que había algunas canciones de Pearl Jam, otras de Nirvana, otras de Depeche Mode y una de Rocío Jurado al final de la cara B, no porque Sastre la hubiera seleccionado expresamente para Nieves, sino porque había grabado encima de «Paloma Brava», una de las cintas preferidas de su padre) y, por lo tanto, podían disfrutar de la idea de estar haciendo algo diferente, una música que comenzaba antes de la música, que se temía y se imaginaba a sí misma, algo primitivo, algo que estaba *ahí* y que, probablemente, venía de los monos o de mucho antes, de cuando los monos no eran precisamente monos, sino música.

—Ayer escribí otras dos canciones —le dijo Nieves a Mari Campos mientras caminaban por la calle ancha—, por si nos piden más.

—Vale, ahora las vemos.

—Hay que arreglarlas bastante, pero tienen muy buena base. Una se llama *Presente de subjuntivo de mi vida en Manchester*. La otra se llama *Pacas de viento*. Ya verás qué chula.

—¿Sí? ¿Otra sobre tu abuela?

—Sí, pero no tiene nada que ver con *El cuaderno secreto de mi abuela calza la mesa del salón*. Esta es mejor. Es que los cuadernos de mi abuela son poesía, tía, poesía *grunge* de la buena, son una pasada. Hay frases que dices Dios mío, qué fuerte, joder, pobrecita. A mí sus cuadernos me hacen llorar, en serio. Es como, joder, no sé, yo... Yo entiendo todo lo que dice. Es como si estuvieras leyendo los diarios de un preso o algo así.

—Tu abuela es un personaje, Nieves.

—Es increíble. ¿Sabes? A mi abuelo lo llamaba «el hombre ese». A mi madre la llamaba Carla Camino. A mi tío Manolo lo llamaba Manolito el Vivo, y hay páginas y páginas en las que solo habla del tiempo, que si va a llover, que si no va a llover, que si hace sol y así todo el rato. Y luego hay coplas, letras de coplas, venga letras y venga coplas, todas las coplas de la época las tiene escritas.

—Qué fuerte, tía.

—¿Sabes cómo llamaba a mi padre?

—¿Cómo?

—El maricón de mierda, MDM.

—La leche.

—Y de mi tío Vicente, el pintor, también escribía. Lo ponía fino.

—¿Sí?

—Sí...

Silencio.

—Mari Campos, quiero irme de aquí.

—¿Adónde?

—No lo sé, pero quiero irme ya.

—Y yo también.

—Quiero morirme, tía. Te lo digo en serio.

—Y yo...

Silencio.

—Ya verás qué chula me ha quedado la canción.

—Vale, vale, ahora la vemos.

—¡Ay, qué nervios, Mari Campos!

Mari Campos y Nieves nunca habían ido a un concierto de verdad. Habían visto tocar a algunas orquestas de los pueblos cercanos en las fiestas de Argamasilla y en las de Tomelloso, pero nunca habían ido a un concierto de verdad.

—El primer concierto al que fui —diría Nieves en una entrevista en Radio Tomelloso algunos años más tarde— fue el mío.

Cuando llegaron a la casa de Nieves, se encontraron con un salón en penumbras y con Adela y Paca sentadas frente a una televisión apagada, mudas. La madre de Nieves («No es por nada, Nieves, pero me ha parecido que tu madre estaba llorando») nunca encendía la luz hasta que no se hacía de noche, para no gastar, de modo que siempre había un par de horas al día, o puede que más, durante las cuales la casa se convertía en una especie de gruta, en un lugar medroso y mortecino en el que era conveniente no tener nada importante que hacer salvo aburrirse, mirarse y aburrirse, suspirar y aburrirse, el ambiente ideal para que su abuela Paca verbalizara abiertamente sus planes más ambiciosos («a ver si me muero ya») y para que Adela, que no hacía otra cosa en aquellas horas vacías que sorber descafeinados, consiguiera cierta paz.

## Blog secreto de Nieves – Enero de 2006

Mi madre es ese tipo de mujer a la que siempre le sobra día. Para ella, el mundo empieza alrededor de las tres de la tarde, cuando ya está fregada la cocina. Luego se sienta en el sillón y ve la telenovela de la uno y entonces es feliz, blanda y feliz. No es cariñosa, no tiene aficiones y apenas sale de la casa.

Lo que más le gusta es irse a dormir, se pasa la mitad del día esperando que llegue la noche para irse a dormir. Si alguna mujer se separa, ella se lleva las manos a la cabeza, como si no se diera cuenta de que ella también está separada. Es curioso que eso no le pase con los personajes de las telenovelas, cuyas pasiones, miedos, alegrías y desengaños entiende como nadie.

Mi padre, estoy segura de eso, nos abandonó porque en esta casa estamos siempre a oscuras. Seguro que se largó a Manchester por la manía que tiene mi madre de no encender las luces hasta que no es de noche. Se puede amar a un asesino en serie y a un cangrejo de río, pero es muy difícil amar a alguien que te tiene a oscuras todas las tardes porque sí, durante veintitantos años. ¿Vosotros encendéis la luz cuando se empieza a ir el sol o esperáis hasta que es prácticamente de noche? Yo estoy harta, de verdad.

Mi canción *A tientas* va de eso, de la factura de Endesa, de las personas que ahorran en luz. No es una canción política, como habéis comentado algunos. Es una canción, en todo caso, energética. Triste y energética.

Se puede descargar gratis aquí.

MMMcwKmy comentó:
Amazing. Congrats. Visit my blog. Viagra.

José Antonio comentó:
Eres la mejor.

José Antonio comentó:
Eres la mejor.

José Antonio comentó:
Eres la mejor.

José Antonio comentó:
Perdona, no entiendo por qué se ha publicado tres veces mi comentario. Le he dado tres veces, pero porque no salía. Debe de ser algo de mi ordenador, que me va muy lento. Eres la mejor.

José Antonio comentó:
;-)

Ensayar la canción hablada les resultó bastante más complicado que ensayar las otras dos canciones, pero, según Nieves, el esfuerzo que suponía tratar de hacer algo distinto merecía la pena.

Se reían.

Nieves empezaba a recitarla mientras Mari Campos tocaba el acompañamiento con la guitarra:

—Me gusta el ajetreo de la yema que solo busca aplausos. Hola, ¿qué tal? Esos círculos que insisten, *lent et grave.*

Aguantaban tres líneas y se echaban a reír.

—Que me meo, tía. Espera. Empezamos.

—Venga.

—Tú ve improvisando con la guitarra, lo que te salga del alma, lo que te vaya sugiriendo la letra, lo que veas que pega. Déjate llevar, Mari Campos, que se note que sabemos improvisar.

—Vale —decía Mari Campos—. Pero ¿la hacemos alegre o triste?

—Ni lo uno, ni lo otro. Como destartalada, tía, que quede como *arrebatá*. No metas un la mayor, es lo único que te pido. Lo demás, tú misma. Le doy al *rec*. Una, dos, tres, cuatro y...

Me gusta el ajetreo de la yema
que solo busca aplausos
Espera.
Empiezo.
Joder.
Me gusta el ajetreo de la yema
Que solo busca aplausos.

—Lo tenemos.

—Sí.

—Empiezo sola para preparar el terreno, a pelo, sin música, ahora empieza la música. Es la introducción, Mari Campos. Digo eso y entonces empiezas tú. Improvisamos y vamos viendo lo que funciona. Venga, empezamos. Una, dos, tres, cuatro y...

Me gusta el ajetreo de la yema
que solo busca aplausos
Ras, ras, ras.

Mari Campos toca los acordes de *Hotel California* y le dice a Nieves que se los está inventando. Incluso toca el punteo de las primeras notas de la canción. Nieves la mira y le dice:

—Eso suena muy bien, tía. Venga, empezamos y lo hacemos del tirón, improvisando.

Me gusta el ajetreo de la yema
que solo busca aplausos.
*On a dark desert highway, cool wind in my hair*
Hola, ¿qué tal?
*How are you?*
Esos círculos que insisten,
*lent et grave,*
gimnopédicamente,
en que hablen
las paredes.
*Welcome to the Hotel California*
*Such a lovely place*
*Such a lovely face*
En el campo en sueños.
Sí, en sueños.
Sí, en sueños.

—Me meo, tía, de verdad que me meo.

No sabían que ese tipo de canciones, las habladas, las hacían solamente los artistas acabados. O los artistas consolidados. O los muy vividos. Ellas, a sus dieciséis años largos, se veían preparadas para abrir su primer concierto de verdad con un parlao sobre...

—Una cosa —dijo Mari Campos.

—Dime.

—¿De qué va la canción? Es que no la entiendo.

—Ahí está la gracia, tía. Yo tampoco.

—Joder.

—Ay, Mari Campos, como gane Sastre, me muero.

—Qué va a ganar ese.

—Bueno, su tío está en el jurado. Es el que más fácil lo tiene.

—Que no gana, que vamos a ganar nosotras.

Gritos.

El día del concurso amaneció soleado. A mediodía, la carpa donde se celebraban las Jornadas Gastronómicas de la Gacha Manchega ya estaba llena de gente. Dos autobuses de Madrid fueron los primeros en descargar turistas. También llegó un autobús de Ciudad Real.

Cuando llegó la hora de comer, los turistas pidieron platos de plástico y tenedores, y les sacaron fotografías a todos aquellos abuelos que se sentaban alrededor de una sartén con patas y con una navaja mojaban sopas de pan directamente del perol con mucho cuidado de no traspasar las fronteras imaginarias de su porción, de no «repizcar por los laos», llevando bien el corte, raspando bien «lo quemao».

Por la tarde se nubló y tuvieron que trasladar la tarima donde se iba a celebrar el concurso de maquetas al interior de la carpa.

—Se está poniendo muy negro.

Un par de japonesas paseaban por el pueblo.

Mari Campos estuvo casi todo el día en la carpa con su novio y con la familia de su novio.

Nieves estuvo todo el día ensayando las canciones y tocando el piano.

Adela, que no tenía ninguna intención de ver actuar a su hija, que no entendía por qué la habían seleccionado, le dijo que iba hecha un adefesio cuando la vio salir de su habitación con una guitarra sin funda.

—No tengo funda, mamá, me hace falta una funda para la guitarra, yo no puedo ir por la calle así, joder.

—¿Y qué quieres que haga?

—Esto es humillante, mamá.

—Lo que no tienes es sentido del ridículo, hija, ¿tú te has visto?

—Me da igual lo que digas.

—Pero ¿tú has visto cómo llueve? Está diluviando.

—¡Que me da igual que llueva!

—¡Y le has quemado una manga al jersey! Si hueles a quemado. ¿Cómo vas a salir así vestida a la calle?

—¿Qué dices de calle? Yo no voy a la calle, mamá, yo voy a un escenario.

# 8

Los de la uno están acabando los primeros. Manolo pega una voz en la cocina para pedir los segundos. Los de las dos van a postres y ya tienen las cartas cerradas. Los de la seis quieren pedir ya. Los primeros de la cinco están a punto de salir. El de la cuatro está con el brazo en alto porque quiere más pan y Manolo sabe, por experiencia, que además del pan le pedirá otra caña. En cocina necesitan que algún camarero saque los platos de la siete, y mierda, piensa Manolo, los de la siete tenían una sopa helada de melón de primero y aún no se les ha puesto la cuchara.

—Pero ¿dónde se ha metido el Josantonio de los cojones?

Primero, marcha los segundos de la uno en la cocina. De paso, ya que está en la cocina, saca los platos de la siete, que son tres. Con tres platos en una mano aún puede pararse a coger una cuchara del mueble. Cuando deja los platos en la siete, se va a la dos y sonríe:

—¿Ya tenemos los postres?

—Sí, sí.

—Venga, decidme. Vale, dos tartitas de chocolate, una de ellas sin helado de vainilla, un flan, sí, el yogur es natural, todo es natural, muy bien, pues un yogur. Un café solo también. Los cafés... ¿con los postres o más tarde los quieren?

—No, mejor ahora.

—Vale, pues entonces dos tartitas de chocolate, una de ellas sin helado de vainilla, un flan, un yogur y uno solo y un cortado corto de café descafeinado de máquina con hielo.

Se va a la mesa uno y se caga en José Antonio y retira los platos, porque ya los segundos están al salir. Los lleva a la cocina y, una vez allí, saca los segundos. De camino a la mesa, con los platos en la mano, le canta los cafés a Jimena, que no se ha enterado bien porque está poniendo cafés para otra mesa y, además, le duele la rodilla. Entonces llega a la uno y les pone los segundos.

La mujer de la uno le da las gracias con una educación exquisita y se da cuenta de que va a querer más pan.

Manolo vuelve donde Jimena para pedirle los cafés.

Jimena los anota, Jimena duda. Jimena piensa me da igual, soy abogada.

Manolo se queda poniendo los cafés y, mientras tanto, aprovecha para coger pan de la cocina y llevárselo a la uno.

Mientras va con el pan, la mesa tres le pide la cuenta.

—Ahora mismo.

El de la cuatro le vuelve a hacer un gesto con la mano, vale, que quiere pan. Pero Manolo tiene que volver a cagarse en José Antonio y tomar la comanda de la seis porque los de la seis llevan un buen rato con las cartas cerradas sobre la mesa y son alemanes y tienen dos niños. Entonces ocurre lo que Manolo no quiere que ocurra, que tiene que pegar una voz («¡cuenta tres!») mientras camina hacia la seis.

Saca el comandero y les sonríe:

—*Nun, Sie wissen schon, was sie dauern?*

Y Manolo sabe de sobra que ya están. Y ellos saben que Manolo lo sabe, pero son alemanes y entienden que una sola persona no puede dar para más, así que sonríen, pero no mucho.

Lo que más le fastidia a Manolo es que los clientes se lo piensen una vez que ya han cerrado las cartas, que hagan como si no supieran lo que quieren pedir, que le pidan primero los segundos y luego se acuerden de que querían una ensalada, así que Manolo les ayuda: primeros, a ver de primeros...

—*Perfekt, perfekt.*

Alguien se arrepiente de su plato.

—Ah, no, no, no. Mejor yo también una sopa helada.

Entonces Manolo tiene que tachar, y en cocina se enfadan si los camareros les llevan comandas con tachones.

Oye una voz desde la cocina: ¡primeros cinco, primeros cinco!

Apura como puede.

Va con la comanda de la seis hasta la barra y la canta y aquí viene el gran dilema: tiene que sacar los de la cinco, pero también tiene que cagarse en José Antonio y coger los postres y los cafés de la dos. Y ninguna de las tres cosas puede esperar.

Manolo se caga en José Antonio y calcula el tamaño del problema y decide coger tres platos de la cinco y la bandejita con la cuenta de la tres, vuelve a por los dos platos que le faltan de la cinco, a por un poco de pan para la cuatro y trata de correr hasta la cinco, que aproveche.

Deja el pan en la cuatro sin mirar al cliente, porque sabe que le va a pedir algo más, y vuelve cojeando a por los postres y cafés de la dos y los lleva y ve que la tres ya tiene el dinero sobre la mesa.

Coge la bandejita.

Efectivamente, el de la cuatro disfruta llamándole.

—*Another beer, please.*

—Vale, hijo. *OK.*

Manolo va a por la cañita y, de camino, la siete le pide más agua y que les recoja la mesa, que ya han acabado.

—*Desserts?*

—*Nein, wir wollen Kaffee, bitte.*

Cafés, de acuerdo, un segundo. Le lleva la cañita a la cuatro y ve que a la uno le faltan las tostadas.

—*Excusez-moi, mon pain?*

—*Ton pain* te lo traigo ahora mismo.

Se va a la barra, resopla, respira, descansa, deja el dinero de la tres, pega una voz desde allí: ¡más pan! Coge las cartas de postres, se va a la siete, las deja encima de la mesa y retira los segundos.

—*Desserts, nein. Wir haben gesagt wir wollten Kaffee* (que no queremos postres, que queremos café).

—*Entschuldigen sie mich. Sagen sie mir* (perdonen, díganme).

Manolo toma nota de las variaciones y deconstrucciones de cafés que quiere la mesa de alemanes y ve tres pares de ojos buscándolo para pedirle cosas.

—La cuenta.

—*The beer.*

—*Mehr wasser.*

—*Mon pain, mon pain.*

—¡Manolo!

—¡Manolo!

Vuelve a la barra, pero antes se ha cagado un par de veces más en José Antonio (el Josantonio de los cojones, dónde se ha metido el Josantonio), que lleva una hora desaparecido, y ha recogido la propina de la tres: veintidós céntimos.

Manolo va al baño. Allí se encuentra a José Antonio, que está fumando, sentado en el suelo.

—Pero ¿qué pasa?

—Manolo...

—¿Qué pasa? ¿Estabas aquí? Si pensaba que te habría pasado algo, mira que ni avisar ni nada. ¿Qué coño haces ahí escondido?

—Manolo...

—¿Estás llorando, hijo?

José Antonio llora.

—Mira, hijo, yo entiendo que esto es duro. Pero joder, para tanto no es. Levántate, hombre, haz el favor.

—No —dice José Antonio—. No, no, no...

—La madre que me... Levanta, hombre. ¿Se puede saber qué os pasa a todos? Tú aquí fumando, la otra dice que le duele la pierna. Me habéis dejado solo y me he metido en la mierda. Mira que os lo dije, los viernes no me falléis, los viernes no me falléis. ¡Pues toma!

—Manolo...

—Enga, levanta, hombre.

—Que no puedo.

—Pero ¿qué es lo que pasa?

—Que me han reconocido, Manolo. Que me han reconocido, joder.

Manolo lo mira y no dice nada.

—Y me han hecho una foto. Soy un puto desgraciado.

Manolo lo sigue mirando.

—Ya la habrán colgado.

—¿Qué?

—En Internet, Manolo.

—¿Qué?

—Da igual. Soy un desgraciado.

—Me cago en la puta madre que parió al Internet y todo lo que se menea.

—Esto no es vida, Manolo.

—Deja de decir tonterías y levanta.

—No son tonterías, hostias.

Manolo lo mira.

José Antonio llora con más desesperación.

Manolo se va.

# Segunda parte

# Los años pares

# 1

Sastre se trasladó a Palma de Mallorca en enero de 2002. Tenía veinticuatro años, la carrera de Humanidades terminada y un contrato para trabajar como auxiliar administrativo en las oficinas del puerto. Un chollo, le dijo a Nieves cuando se despidió de ella por teléfono.

Se llevó su moto, su guitarra, una maleta pequeña y un trozo de papel en el que había anotado la dirección del hotel donde trabajaba el tío de Nieves, un hombre al que él no conocía (si lo había visto alguna vez, lo había olvidado) y que, según Nieves, podría ayudarle en cualquier cosa. «En serio, pásate un día por el hotel donde trabaja mi tío —le dijo—, y dale muchos recuerdos de mi parte, me acuerdo muchas veces de él. ¿Sabes que él fue quien me compró el piano? Seguro que le hace mucha ilusión que lo vaya a ver alguien de Argamasilla».

La conversación con Nieves no dio mucho más de sí. Se despidieron, se desearon suerte y no volvieron a hablar hasta pasados cuatro o cinco meses, cuando ella lo llamó una noche y le dijo a gritos (estaba en un bar o en una discoteca, apenas se la entendía) que iban a dar un concierto en una sala de Palma de Mallorca en dos semanas y que contaba con su asistencia y la de todos sus amigos.

Por entonces, Sastre no tenía apenas amigos en la isla. Los fines de semana salía a tomar algo con un par de compañeros del trabajo: un chico de Jaca llamado José Antonio que, al igual que él, trabajaba como auxiliar administrativo y que había llegado a la isla un año antes, y un colombiano de treinta y pocos del que solo sabía que se llamaba John Christopher, que estaba separado, que había sido jugador profesional de hockey sobre hierba en su país, que trabajaba en el departamento de cobros y que había estado un mes encerrado en un centro de deportación de Londres, un tema del que nunca quería hablar, a pesar de que siempre lo sacaba él.

—No, ya os he dicho que no voy a hablar de eso.

—Pues vale.

El de Huesca era muy alto, altísimo, todo un varal, y tenía la piel muy blanca, como si nunca le hubiera dado el sol. «No me gusta ir a la playa. Ni las playas ni tomar el sol ni, muchísimo menos, los turistas». Tampoco le gustaban los centros comerciales.

—Ni los centros comerciales ni el consumismo de mierda ni la globalización de los cojones.

Sin embargo, a José Antonio le gustaba escribir relatos breves, de dos o tres páginas, cuatro a lo sumo, unos relatos que en ocasiones protagonizaba una americana bastante mayor y bastante gorda de algún campo del condado de Kansas, una especie de Dorothy Gale avejentada, obesa y confundida que vagaba por los parques de las principales ciudades europeas sin más ropa encima que una gabardina con estampado de camuflaje rota por muchos sitios. La mujer no hacía nada interesante, solo se paseaba por los relatos hasta sentarse en un banco y, normalmente, no enseñaba las tetas hasta el final.

Entre las personas que Sastre conoció durante sus primeros meses en Mallorca también estaba Manolo. Lo había ido a ver al bar del hotel a los pocos días de llegar y le había dado recuerdos de su sobrina («pues que sepas que eres la primera persona de mi pueblo que viene a verme en treinta años, cojones, y encima ni nos conocemos», le dijo muy emocionado), y a pesar de que entonces Manolo casi le doblaba la edad y de que lo único que tenían en común era un pueblo, o más bien el nombre de un pueblo cuya mención Sastre acompañaba siempre y de manera automática con un «allí todo sigue igual», y unas cuantas personas a las que ninguno de los dos veía con frecuencia, los dos paisanos congeniaron, y después de un café se tomaron un par de cañas y luego Sastre le dijo que tenía que marcharse pero que se pasaría otro día, y a la semana siguiente volvió a El club inglés y se encontró a Manolo detrás de la barra, igual de solo que la semana anterior.

—¡Hombre! ¡Mi paisano! —le dijo Manolo.

—¿Qué tal?

—Pues aquí.

—¿No hay clientes?

—Tres gatos. Aquí, cuando vienen, vienen de golpe.

—¿No te aburres?

—En la gloria estoy —le dijo Manolo—. ¿Yo? Yo no me aburro. Me pongo a pensar en mis cosas o me pongo a leer el periódico.

—Qué frío hace —le dijo Sastre mientras se sentaba en uno de los taburetes de la barra—. ¿Y esa foto con el rey?

—Ahí lo tienes al tío —dijo Manolo, refiriéndose a sí mismo—, con el Juanito. Si no es porque me conoces, dirías mira qué dos monarcas.

—Eres importante, Manolo.

—Pa que veas, pa que veas...

Las charlas con el tío de Nieves podían extenderse durante horas. En El club inglés, a pesar del curioso sincretismo de los estilos decorativos (el mural del pulpo, las mesas bajas), que hacía que algunos lo confundieran a primera vista con una guardería, se formaba en las tardes de invierno, en la zona de la barra, una atmósfera como de confidencias.

—Te lo voy a contar, hombre.

Sastre le decía a Manolo que estaba ahorrando para dar la vuelta al mundo, y pronunciaba «mundo» sin precaución alguna, le decía que quería irse solo, que tenía que irse solo, que no tenía miedo de nada, que en cuanto juntara lo suficiente se marcharía por ahí a ver lugares espectaculares, que el miedo era esa lata de cerveza que se tomaba todas las noches en su piso compartido mientras veía la televisión.

—Yo quiero ser mi propia televisión, Manolo, mi propio documental sobre la Patagonia, mi propia película de risa y mi propia película de extraterrestres. ¿Sabes esas personas que no hacen nada?

Manolo lo miraba.

—¿Sabes esas personas que hacen todos los días lo mismo, lo mismo, lo mismo y nunca se preguntan si se merecen algo más?

Manolo lo miraba.

—¿Sabes lo que tiene que ser levantarte y darte cuenta de que has convertido tu vida en algo que se puede recorrer a oscuras?

Manolo cogía un vaso y lo secaba.

—Ciudadanos del mundo, Manolo. Somos ciudadanos del mundo. ¿Sabes la cantidad de tribus que hay en la Polinesia?

Manolo se ponía muy serio y le decía que no, que nunca había estado cerca de una tribu de la Polinesia, pero que sí había estado muy cerca de Yoko Ono, como si una cosa compensara la otra, y además «yo no habré viajado, pero tengo insomnio desde hace veinte años, hijo. He visto muchísimos documentales de madrugada. De la Polinesia, de los extraterrestres y de la madre que los parió a todos».

Sastre lo miraba.

—Si habré visto yo cosas ya...

Sastre lo miraba.

—Si hay algo que tengo claro —le decía Manolo— es que no estamos solos.

—¿Qué?

—Mira, si después de trabajar treinta años de camarero no crees en los extraterrestres, es que eres tontolculo.

—¿Qué?

—Tú ríete, ríete, pero ya te digo yo que somos un experimento.

Sastre le decía «joder, ponme otra caña, Manolo», y le hacía preguntas; dejaba de pensar en sus planes y se sorprendía de todo lo que se le pasaba por la cabeza a un hombre que, al parecer, siempre había estado quieto, más o menos quieto.

—Pues qué te digo yo, en el 71, que tú ni habías nacido —le decía Manolo—, cuando yo tenía diecinueve añicos. Ahí lo tienes al tío, llevándole una Coca-Cola a la mismísima Yoko Ono. (Y añadía «la china de los Beatles»).

Pregunta.

—Pues sí, un porrón de años. Llevo en este bar desde los veintinueve.

Pregunta.

—Pues sí. He visto de todo, hijo, de todo.

Pregunta.

—Madonna, Arias Cañete, Michael Jackson, Raffaella Carrá, Harrison Ford, Constantino Romero, Richard Gere, Aznar... Un montón de gente. Butragueño también.

Silencio.

Cerveza.

Pregunta.

—Pues porque me enamoré como un tonto.

Pregunta.

—Sí.

Pregunta

—Que sí... Una guiri. Guapetona, alta, muy rubia. Lo que es una guiri. Su padre también trabajaba aquí.

Pregunta.

—Anaëlle.

Pregunta

—Na de na.

Pregunta.

—Qué va. Lo que es na. Yo pensaba que un poco le gustaba, porque me miraba así, como miran las guiris, que nunca sabes si es que sí o que no.

Pregunta.

—Pues porque nunca quiso nada. Si es que es así de simple. Yo le dije que me gustaba y le pedí un beso, porque era lo que se hacía entonces. Si es que yo era más tonto que el cagar. Antes éramos muy tontos. Ahora estáis muy espabilaos, pero antes lo que se estilaba era ir de frente. Le pedí un beso y ahí acabó la cosa. Tú pa tu casa y yo pa la mía.

Pregunta.

—Pues me miró así, como miran las guiris, y me dijo que no.

Comentario.

Eso sí, tardó ocho o diez segundos en decirme que no, macho. Eso nunca se me ha olvidado, ese ratejo que tardó en decirme que no. Ocho o diez segundos, ya te digo, ahí, clavao delante de ella, sin saber nada. Me dio tiempo a irme al pueblo, podar las cepas y volver. Joer, macho.

Comentario y pregunta.

—¿Ella? Sigue trabajando aquí, es la directora del hotel.

Pregunta.

—Como te lo cuento.

Pregunta.

—Se casó con el hijo del dueño.

Pregunta. Exclamación. Pregunta.

—Ahí arriba estará.

Pregunta.

—¡Pero si a mí ya me da igual! ¡Que no, hombre! ¡Digo! Que yo he tenido mis cosas, a ver qué te has creído. A mí ya me da igual, de eso ni me acuerdo, si hace lo menos veinte años.

Pregunta.

—Pues nada, muy bien. Ella tiene sus hijos, su vida. Yo la mía. Y listo, Calixto. A veces baja y se toma su cafelico. Si es que son muchos años ya dando vueltas por aquí. Baja, me pregunta por mis cosas, yo por las suyas (bebe). Cuando me dio la apendicitis me vino a ver al hospital con su marido. Hasta el culo me vieron los dos, imagínate si tendré yo superao el tema. Y cuando se murió mi padre, que se murió en pleno verano, me dio dos semanas de vacaciones. La Anaëlle. Dos semanas. A mí. ¿Cómo te quedas? Dos semanas enteras, ahí es nada. Oye, que eso de darle vacaciones a un camarero, ¿eh?, en pleno julio, ¿eh?, no es moco de pavo; que yo sepa, no lo han hecho por nadie aquí, solamente por mí. Pa que veas lo que es el roce de los años, hijo, pa que veas, si es que... Mi padre es que era gafe, el hombre. Todo el mundo lo decía. Muy bueno y muy noble y todo eso, pero muy gafe. Se murió en pleno julio, cuando estaba esto a reventar. Pero la vida es así, hijo, así es la vida. Naces, cuatro pitos, cuatro flautas y al hoyo. Por cierto, tú me recuerdas a un primo mío, que es pintor. Ese siempre andaba pensando en irse también y hasta que no lo consiguió no paró el tío.

—¿Vicente Dorado?

Pregunta.

—No, no. En persona no lo he visto nunca. Pero lo estudiamos en la universidad, que fundó el realismo post-operatorio en París con la exposición del chorizo... Todo eso. Tu sobrina también me ha hablado alguna vez de él.

Pregunta.

—Hombre, por encima, tampoco lo estudiamos a fondo. Humanidades es una carrera muy de picotear.

—Pues ahí donde lo tienes, mi primo empezó de camarero. Y me recuerdas un montón a él cuando tenía tu edad. A mi primo le decían: llévale las bebidas a la mesa tres, anda. Y lo veías andar con la bandeja y te parecía que estaba el tío en Moscú o por ahí, yo qué sé, que había venido un momento a Mallorca para llevarle las bebidas a la mesa tres y largarse, como si esto no fuera con él. Parecía que ya sabía que iba a ser rico, que se iba a ir echando leches a París.

—Seguro que lo sabía —dijo Sastre, y automáticamente pensó «y yo qué coño sabré».

—Vaya si lo sabía. Se ligó a una vieja de esas ricas y adiós. Y luego me dijo: vente a París. Yo me iba a ir con él a París, estuve a esto. A esto, macho. Si tenía ya un montón de dibujos preparaos.

—Pero ¿tú pintas, Manolo?

—Que si pinto, dice.

—¿En serio?

—Pues claro.

Y Manolo se iba a la cocinilla y aparecía con un folio en el que había dibujado a lápiz un molino invertido, los brazos en el mar.

—Mira.

Al concierto de Nieves Cunningham & The Forfaits en la sala Pipelles de Palma de Mallorca acudieron casi cien personas, entre las que se encontraban Sastre y sus compañeros de trabajo John Christopher y José Antonio. La temperatura, escribiría José Antonio aquella noche nada más llegar a su casa después del concierto de Nieves, «es insoportablemente agradable, como la del final de la primavera en algún país tropical, en Cayo Coco, en Cayo Paloma, en Jaca. En el parque, un hombre de edad avanzada se agacha y recoge una moneda de dos euros y piensa anda, mira qué bien, hoy es mi día de suerte. Una mujer lo mira desde un banco. Unos niños juegan y gritan *du narr, du idiot, du bist ein verdammter idiot*.

La chica del banco se desabrocha uno de los botones de su gabardina. Está muy gorda (nos saltamos la descripción de su gordura, son catorce líneas. Destacamos simplemente que la mujer reflexiona mientras se la describe, nos enteramos de que no le gustan las piscinas públicas, "no deberían existir", de que odia los bikinis, las toallas que no son toallas, sino pareos que hacen de toalla, el césped artificial y los bordes que resbalan. También odia a los socorristas y a sus novias.

Después se mosquea de verdad, sale como disparada del concepto de verano y ataca sin venir a cuento a la televisión, "no me gusta la televisión, la odio", y a las aceras de las calles de Kansas City, "no me gustan las aceras de las calles de Kansas City, las odio"), está tan gorda que nadie sabe cómo ha conseguido llegar a Brujas. El hombre la mira y, joder, piensa José Antonio, ya Nieves no Nieves tengo Nieves ganas de seguir Nieves escribiendo Nieves este Nieves relato, es Nieves que Nieves no Nieves puedo Nieves concentrarme».

—Te lo digo en serio, tío —le había dicho a su amigo Sastre unos días antes del concierto de Nieves—. Si pudiera conseguir que la protagonista se quitara la gabardina del todo... No sé cómo hacer para que sea creíble, para que no parezca una caricatura, ya sabes... Una gorda es muy arriesgado, tío. Solo por estar gorda ya tienes que justificar que no es una caricatura.

—Yo lo que no entiendo —le dijo Sastre— es por qué tiene que estar gorda. ¿Por qué no puede estar buena?

—Vamos a ver. Si enseña las tetas, me lo creo, lo visualizo, tío. Pero hacer que se quite la gabardina y se quede en pelotas en un parque, así como así, es muy jodido. O lo explicas bien o no se entiende. ¿Por qué se la quita? ¿Por qué? ¿Es necesario?

—Me estás rayando, tío —dijo Sastre.

—Y encima no está en su país, si es que me meto en unos berenjenales... Eso es lo más complicado, tío. No sé, son muchas cosas.

—Yo lo veo muy simple —dijo Sastre.

Caminan.

Caminan.

—Hay que saber —dijo José Antonio.

—¿Hay que saber el qué?

—Pues escribir... Hay que saber.

—No me comas la cabeza, tío. Escribe: «Y entonces, sin pensárselo dos veces, la gorda se quitó la gabardina y se quedó en pelotas en el parque de los cojones a la hora de comer». ¿Qué tiene eso de jodido?

Caminan.

—¿Cuándo es el concurso? —le pregunta Sastre.

—Dentro de dos semanas.

—Y el premio... ¿de cuánto es?

—¿Por?

—Por saber.

—Trescientos cincuenta euros.

—Eso son... Cincuenta... ¿Cincuenta y ocho mil pesetas?

—Sí, por ahí.

—Joder, macho, ¿por escribir cuatro páginas? Pues me voy a apuntar yo también, José Antonio. Me hace falta la pasta para mi viaje.

José Antonio no le dice nada. Ya ha escrito cinco versiones y no está satisfecho con ninguna.

—Por cierto, que el viernes llega mi amiga Nieves, la que te comenté, la de mi pueblo. Te apuntas al concierto, ¿no?

—Sí.

Nieves había cantado aquella noche varios temas. El primero, titulado *El lugar donde brincan las gacelas de Grant*, sobrecogió a José Antonio. Lo paralizaron en el servicio del bar las primeras líneas de la canción.

El lugar donde brincan las gacelas de Grant
está relleno de trozos de goma espuma.
(punteo introductorio).
Hola a todos, ¿qué tal?
(ojos)
Me llamo Nieves Cunningham.
(ojos)
Este es un tema (sigue tocando la guitarra mientras habla)
que compuse una noche, hace tanto...
Y la temperatura era insoportablemente agradable,

como la del principio de la primavera
en algún país tropical,
si es que hay primaveras en los trópicos.
Cayo Coco, Cayo Paloma, por ahí.
Ni lo sé, ni nos importa.
Ha sido una gilipollez.
Lo siento.
El lugar donde brincan las gacelas de Grant (suena el piano, es Víctor Jiménez, de los Forfaits de Tomelloso)
está relleno de trozos de goma espuma.
Muchas gracias por venir (cierra los ojos, aguanta un rato, los abre).
Al piano, Víctor Jiménez.
Víctor mueve la cabeza, parece que da las gracias.
Nieves empieza a cantar.
El lugar donde brincan las gacelas de Grant
está relleno de trozos de goma espuma.
José Antonio sale del baño.
José Antonio se coloca al lado de Sastre.
José Antonio mira a Nieves.
José Antonio la desea.
José Antonio la desea.
José Antonio la mira.
José Antonio la desea.
José Antonio se la folla en un país tropical.
No sabe cómo son los polvos tropicales.
Ni lo sabe, ni le importa.
No deben de ser muy distintos
de los polvos de Jaca.
José Antonio la mira.
A ver si acaba ya la canción.

El lugar donde brincan las gacelas de Grant
está relleno de trozos de goma espuma.
José Antonio era una cosa y ahora es otra,
y no es que no queramos explicarlo:
José Antonio era esa piedra
que tiras contra el mundo
cuando estás aburrido.
Ese tipo de piedra
que todos hemos visto
volar algún domingo o algún martes
hacia el allí del tiempo.
Ahora es diferente,
sigue siendo una piedra,
pero es de esas que tienen
piroxeno y cuarzo,
feldespato y hierro
y un poco, bastante, de olivino.
El olivino es un mineral del grupo VIII,
según la clasificación de Struz,
según la Wikipedia.
Es decir, que José Antonio ahora es basalto
y su densidad relativa es mayor que tres;
que se le aprieta el magma
con la prisa ígnea;
que se cree urgente
y es bastante probable
que se meteorice.
Nieves le guiña un ojo a Sastre.
Chin.
José Antonio mira a Sastre.
¿Qué pasa, tío?
José Antonio mira a Nieves.

José Antonio mira a Sastre.

José Antonio le guiña un ojo a Nieves.

—¿Dónde está el John Christopher? —le pregunta Sastre a José Antonio.

—¿Qué?

—John Christopher, que dónde se ha metido.

—No te oigo.

—¡El colombiano! ¡John Christopher!

—No sé, tío. No sé. En La Bullerengue estará. Ni idea.

—Gracias, muchas gracias —dice Nieves desde el escenario.

José Antonio aplaude.

La gente aplaude.

José Antonio silba.

José Antonio aplaude.

Sastre se avergüenza de José Antonio.

José Antonio es olivino.

José Antonio está relleno de trozos de goma espuma.

Aplausos.

Muchas gracias.

Gracias.

Aplausos.

Gracias.

Gracias.

Silencio.

# 2

«La temperatura es insoportablemente agradable. Este mes promete tropical. Me comería un membrillo ahora mismo.»

(Cuaderno de Paca, 15 de junio de 1956)

La segunda boda de Balbina fue una boda pobre, de chocolate y tortas, de trajes que quedaban grandes o pequeños, de visita inmediata al cementerio tras la misa para dejar flores sobre la tumba de su primer marido («ay, mi Arturo, ay, mi Arturo, ay»), de una Adela de tres años que lloraba entre los chistes y a nadie parecía importarle demasiado y de invitados armados con sillas y cucharas que caminaron juntos por la calle principal de Argamasilla hacia la casa de Paca, donde hubo una caldereta que todos comieron del mismo perol.

—Moja ahí.

Los niños se lo pasaron muy bien el día de la boda, todos menos Adela, que prefirió llorar bastante, pero no como una niña de tres años, sino como una adulta de cuarenta.

—¿Por qué lloras, Adelita?

Era un llanto rarísimo, sin brillo y sin respuesta, un llanto de boca cerrada con el que podía pasearse como una perfecta fracasada de una estancia a otra, de los adultos a los niños y de los niños a los adultos, de sus padres a Manolito y de Manolito a sus padres, un lloriqueo, según Paca, cansino, cargante y porculero.

—La mierda la niña —dijo Paca.

*(Llanto).*

—Así desde que nació —dijo Paca.

—Adelita, canta la canción de los pajaritos de San Antonio.

*(Llanto).*

—Venga, canta, mira:

Divino Antonio precioso,
suplícale al Dios inmenso,
que por tu gracia divina,
alumbre mi entendimiento.

*(Llanto).*

—Si no quiere, si es que no quiere, no le gusta nada, solo quiere llorar y llorar —dijo Paca.

—Que sí quiere, venga, Adelita:

Para que mi lengua
refiera el milagro
que en el huerto obraste
de edad de ocho años...

*(Llanto).*

—¿Ves? Llorar y llorar.

—Adela, vete a jugar con los niños, anda.

Manolito y sus primos, Vicente y sus dos hermanas gemelas, jugaban a tirar piedras en la calle con otros niños, vestidos de tiros largos. Ya entonces, Manolo tenía problemas para saber qué número de niño era él.

Vicente era el uno porque era el mayor y punto. Tenía ya ocho años.

Él podía ser perfectamente el número dos, pero no lo tenía claro. Sabía que había tenido un hermano, pero que nunca lo iba a conocer porque estaba muerto. Su madre le había hablado muchas veces de este hermano (porque tu hermano Manolito..., cuando tu hermano Manolito..., desde que tu hermano Manolito...) y luego habían aparecido en su casa y en su vida, casi a la vez, un montón de personas.

La Balbina.

El Vicente.

La Adelita.

Las gemelitas.

Un gordo de Socuéllamos.

El número uno le correspondía a su primo Vicente, que le sacaba tres años y medio y casi dos cabezas. Luego iba su hermano mayor, el muerto, que se llamaba como él y que estaba y no estaba, pero que estaba y no estaba y se llamaba como él. Luego iba él. Después iban su hermana Adela y sus primas, dos niñas iguales. Y toda esa gente que se iba de su casa la misma noche de la boda de Balbina, porque se iban —«mira, Manolito, tu tía se va a vivir a Socuéllamos con el gordo», «escucha, Manolito, tus primos se van a vivir a Socuéllamos a la casa del gordo»—, dejaban sus números correspondientes en su casa, en sus juegos y en su vida para siempre.

El uno ya estaba pillado.

El dos también.

Él se quedó con el número «dos y pico». El dos era el fantasma del hermano mayor, el fantasma de

Manolito I; lo otro, el «y pico», era y sería para siempre él.

—Adiós.

A finales de ese mismo año se murió en curiosas y comentadísimas circunstancias el gordo de Socuéllamos, y a Balbina comenzaron a llamarla Balbina la Matarile, un apodo que derivó en cuestión de pocos días y de manera sorprendente en Balbina la Matajari.

Que se te muera un marido, pasa.

Que se te mueran dos, quieta ahí, Matajari.

El hombre se había muerto de una espina de pescado. Se le había clavado en la garganta. La agonía había durado dieciséis días, dieciséis, desde que se le clavó la espina hasta que Vicente lo encontró tirado en el suelo del comedor con un charco de sangre a la altura de la boca.

—Mamá, yo no he sido —le dijo Vicente.

Podríamos entretenernos en contar el entierro, pero vamos a pasarlo por alto porque, al final, todos los entierros, por más que las personas sean únicas, son iguales. Tierra, gente y amén, no somos nadie.

Balbina vendió rápidamente la casa del gordo (una casa enorme recién reformada de tres plantas con huerto de poema, seis habitaciones, su buen patio y su buena montera, dos cocinas y dos cuartos de baño muy grandes), arrendó las viñas que acababa de heredar y volvió a Argamasilla, se compró otra casa y hola a todos, qué tal, ya estoy de vuelta.

Paca se alegró mucho.

—Vaya por Dios.

Manuel también.

—No entiendo nada.

Manolito se alegró un montón.

—¡Tita! ¡Vicente!

Vicente también.

—¡Tito! ¡Manolito!

Las gemelas, pasando.

Adela, cuando vio a su tía, se puso a cantar.

—Pero leches, ¿esta niña canta?

—Que si canta, dice.

Lo cierto era que Adela había comenzado a cantar desde el mismo minuto en que su tía y sus primos se habían marchado del pueblo. Era una cosa loca, la Adelita. Cantaba y cantaba y divino Antonio precioso y suplícale al Dios inmenso y los pajaritos del huerto se comen el sembrado y por eso te digo que tengas cuidado y todos querían escuchar a la niña.

—Fue irte tú y ponerse a cantar —dijo Paca.

—Pero leches, pijo en Dios. ¿Por qué dices eso? Ni que yo tuviera algo que ver —dijo Balbina.

—Adelita, cántale la canción esa tan bonita de la Concha Piquer a tu tía —dijo Paca.

—Llorando junto a la cuna
Me dan las claras del día
Mi niño no tiene pare
Qué pena de suerte mía.

—¡Pero Adelita! —dijo Balbina.

—Así está todo el día —le dijo Paca—. Venga a cantar, venga a cantar, esta niña no tiene fondo.

—¿Qué? —dijo Balbina.

—Que está todo el día cantando —respondió Paca.

—Es que no se te entiende, Paca. Vocaliza un poco, mujer. Tienes que hablar más alto, hay que ver la manía que has cogido con hablar así.

—Yo hablo como me da la gana —contestó Paca.

—Por Dios, ¡que no te entiendo, Paca!

—Eres mi vida y mi muerte —cantó Adelita.

—Sigue, Adela —la animó su madre.

—Te lo juro compañero,
no debía de quererte,
no debía de quererte,
y, sin embargo, te quiero.

—Como siga así, la llevaremos por ahí a las ferias de los pueblos, a que cante —dijo Paca.

—¿Y yo? —decía Manolito—. ¿Y yo? Mamá...

—Tenías que haberte quedado en Socuéllamos —le dijo Paca cuando se quedaron a solas—. ¿Qué va a pensar la gente?

—Pero ¿qué dices de Socuéllamos?, ¿qué dices de la gente? —le preguntó Balbina.

Paca se quedó mirando fijamente a su cuñada y le dijo algo sobre el luto y algo sobre la vergüenza.

A los cinco años, Adelita ya estaba subida en el entablado de las fiestas de Argamasilla de Alba, de noche y de verano, con un cesto de mimbre colgado de un brazo y con un pañuelo de flores sobre la cabeza cantando *La niña de la estación*. Fue anunciada y presentada como «la pequeña Piquer».

Aplausos.

Al año siguiente, Adelita cantó *Ojos verdes* en las ferias de Socuéllamos, en las de Tomelloso, en las de

Pedro Muñoz, en las de La Solana y en un par de bodas en Argamasilla, y aunque seguía siendo presentada cada vez que actuaba como «la pequeña Piquer», eran ya muchos vecinos los que se referían a ella como «la sobrina de la Matajari», puesto que casi siempre era su tía Balbina quien llevaba a la niña al retortero, de pueblo en pueblo y de tren en tren.

Aplausos.

Durante el verano de sus ocho años, Adelita recorrió la provincia de Ciudad Real y parte de la provincia de Albacete con la compañía del empresario Pedro Torres, más conocido como Perico Trenes, quien, después de verla actuar en la feria de La Solana, quedó prendado de su voz, que inmediatamente definiría como «la oscuridad más bella del Campo de Criptana».

Aplausos.

En 1962, a los nueve años, Adelita dejó de llamarse Adelita, le cambiaron el nombre por el de Carla Camino. Esa *c*, decía Perico Trenes, esa *c* de copla que se repite; Carla Camino, esa *c* de copla en su nombre y en su apellido.

—Carla Camino —dijo Balbina—. No suena mal. ¿Te gusta, Adelita?

—No.

—A esta niña me la tengo que llevar a Madrid.

—Yo me llamo Adela —dijo Adela.

—Carla, hay que llamarla Carla —dijo Perico Trenes.

—¿Y Carlota? Suena más internacional —dijo Balbina.

—Yo me llamo Adela —dijo Adela.

—Si te llamas Adela, no podrás ir a Madrid, Adelita. Todas las niñas se cambian el nombre cuando van a Madrid. ¿Tú quieres ir a Madrid? ¿Sí o no?

—Sí, Adelita, dile que sí —dijo Balbina.

—¿Sí o no? —volvió a preguntar Perico Trenes.

—Sí —dijo Adela.

—A Madrid no se va nadie —dijo Manuel cuando se enteró.

—Pero Manuel...

—Lo que tenga que cantar, que lo cante por aquí.

En los cuadernos de Paca se mezclarían durante aquellos años las predicciones meteorológicas con los galianos de la vecina con las letras de las coplas de Concha Piquer (soles de guitarras, lunas de clavellinas, lluvias de quebrantos, de Lolilla y de Pilar), y era tal el trajín de nubes y estribillos, y era tanta la gente que nacía o se casaba o se moría en sus páginas, que a menudo se ayudaba de abreviaturas y de pequeños símbolos.

Una crucecita: un muerto.

Dos anillos: una boda.

Un pajarito: un niño.

M1: Manolito 1.

M2: Manolito 2. A veces, aunque cada vez menos, MV: Manolito el Vivo.

CC: Carla Camino.

E. H. E.: el hombre ese, su marido.

También había recuerdos, bichos de memoria que escribía con prisa y páginas donde todo estaba tachado.

—Pero ¿qué haces, Paca?

—Mis cosas.

Como su marido la vigilaba como nunca antes la había vigilado, como la tenía harta de verdad, «E. H. E. me tiene harta de verdad», como nada más casarse y marcharse su cuñada, había enviudado (de golpe) y llegado (de negro) su suegra:

—¿Dónde me siento, Paca?

Como la Matajari la había vigilado durante tres años y su suegra la iba a vigilar durante toda su vida, porque «llegó para vigilarme y para morirse de vieja aquí», porque aquel «dónde me siento, Paca» fue en realidad un «dónde me muero dentro de muchos años, Paca, que voy a durar, que yo soy de las que duran»; como la suegra tenía la manía de hacer conjuntos de lana para bebés porque así se relajaba, porque el médico la había pasado por rayos X y le había confirmado lo que ya sospechaban, que una de dos: o cosía trajecitos o se la comían los nervios; como a pesar de llevar media vida produciendo trajecitos para bebés solo había desarrollado dos modelos, el modelo bebé-domingo y el modelo bebé-entre-semana, y los dos modelos los había vestido el primer Manolito, pero nunca el segundo Manolito, porque por el bien de Paca nunca le pusieron la ropa del primer Manolito al segundo Manolito, porque «lo quemaron todo», porque «E. H. E. lo quemó todo, lo quemó todo, todo, todo, todo...», y ahora tenía siempre sobre el brazo del sillón dónde-me-muero el conjunto de muestra Manolito-domingo y el conjunto de muestra Manolito-entre-semana y a la suegra diciéndole

qué mal se ve,

qué poca luz,
ya casi está,
pero ¿qué haces, Paca?
Mis cosas.

Como Adelita ya no se iría a Madrid porque «E. H. E. no deja que la niña se vaya a Madrid».

Renglón en blanco.

«Ha vuelto a esconder la lata del dinero y no tengo dónde ir».

Renglón en blanco.

«Su madre no es mala persona, pero cuando estamos sentadas por la tarde sin nada que decirnos, una frente a la otra, aquí se dan auténticas persecuciones, yo lo noto».

Como su Manolito el Vivo, que ya tenía sus once años, era un niño muy bueno pero casi nunca la abrazaba, casi nunca le daba un beso y jamás le preguntaba «mamá, por qué dice el primo Vicente que estás loca perdida» ni «mamá, por qué la tita Balbina es tan guapa y se pinta los labios y tú vas de negro y tienes los ojos como llenos de tierra»; como la Matajari se había vuelto moderna y viajaba con Perico Trenes y decía que cualquier día era bueno para cruzarse con Manolo Escobar e inmediatamente añadía «me iría con Manolo Escobar al fin del mundo, aunque fuera para limpiarle los zapatos» y dejaba a su hijo Vicente suelto por ahí durante días, con quince años suelto por ahí durante días, y a las gemelas las dejaba con Paca y con la madre de Manuel.

—Aquí te las dejo, Paca. No dan ruido ninguno.

Como su marido y la lata del dinero:

—¿Dónde está la lata?

y su suegra-cuervo

y el sillón-cuervo de la suegra

y los bebés de domingo

y las persecuciones «yo lo noto, auténticas persecuciones»

y Balbina es una fresca

y Perico Trenes es otro fresco

y seguro que andan juntos

y se creen que somos tontos

y las gemelas de Balbina no son iguales «digan lo que digan»

y su Vicentito es raro

y mi Adelita es muy lista y ha ganado otra vez el concurso de catecismo,

pero Madrid ya nunca iremos a Madrid,

y mi Adelita nunca será Carla Camino

y mi Manolito quiere más a Manuel

y yo quiero más a Manolito que a Manolito y a Manolito que a Manuel

y la madre que los parió a todos.

Como «lo de los días es tremendo, te despiertas y hay uno» (cuaderno de Paca, julio de 1962); como los rusos no dejaban de escribir novelas de bata y camisón:

—Toma, Paca, te dejo la de Ana Karenina, que te va a encantar.

—Trae.

—Lo que he llorado con la historia de la Kitty no tiene nombre.

Novelazas de materia oscura que en ciertos círculos literarios llamaban novelaxias por la extensión de las mismas («estas historias no se deben medir en páginas, sino en hojas luz») y en algunos corrillos informales llamaban noveracha por lo mucho que se parecían a las cucarachas («Desde luego, las novelas rusas son resistentes hasta cabrear. Cuando una novela rusa se mete en tu casa, lo mejor que puedes hacer es mudarte de casa; es imposible acabar con ella. La noveracha aparece de verano, de pronto y de noche, pero no de noche cerrada, sino de noche-casi, cuando lo tienes todo hecho y llega la bendita hora de sacar la mecedora a la calle. Ahí, ahí, cuidado, la acabo de ver, la novela rusa, coño, es una novela rusa. La ves correr toda enorme y piensas virgen santa, hija de la gran puta, te voy a meter un pisotón.

Y una mierda un pisotón.

Ya no la ves.

¿Dónde está?

Llamando a los suyos.

Sales con la mecedora al porche y saludas:

¿Qué pasa?

¿Qué hay?

Pues aquí estamos.

Pues yo que me alegro.

Pues no se ha quedado mala noche, no.

Y después de saludar, pasas a informar:

—Acabo de ver una novela rusa corriendo por el corral.

Adiós, amoto, te dicen, haz la maleta, que las novelas rusas no se van de las casas jamás. Cuando llegan es para quedarse. Dentro de poco la tienes en el salón, en el mismísimo mueble bar, y cuando te venga visita te darán dos besos a ti y dos besos a la novela rusa. Esas no se van ni con escobazos, esas te entierran.

Y entonces le preguntas a los demás por qué saben tanto de plagas de noverachas y te contestan que por qué va a ser, porque también tienen noverachas en sus casas, que lo han intentado todo y no han conseguido nada, y entonces tomas el fresco y te balanceas en tu mecedora y piensas señor, señor, señor), y como, en definitiva, todo era una estepa y un andar de escombros, como Paca no tenía motivos más que para escribir que no tenía motivos más que para escribir, no entendió por qué tuvo que enamorarse de pronto de E. H. E., del hombre ese, de su marido, de su Manuel, después de dieciséis años de matrimonio.

Si Paca no lo entendió, Manuel menos aún.

Era la primera vez que Paca experimentaba algo así:

así como,

así de,

así tan.

tan,

Tanj

Tanjji-jijiji.

Tand ccko

Tansdf é

Tan4 clj lkjñlkj

Ninoni nononi hipoiudaaak pourss ä ääää ääääää.

—¿Cuándo había sucedido?

—El ocho de agosto de 1962, alrededor de las siete y cuarenta y cinco minutos de la tarde.

—¿Por qué?

—Ni idea, pero a continuación narramos algunas circunstancias.

Manuel había llegado aquella tarde con un racimo de uvas, el primer racimo de uvas presentable de la temporada. Venía directamente de la casa de la puta de Tomelloso.

—Hola, muy buenas.

Y se acercó a su mujer como siempre, muy despacio, como quien se acerca a un barranco, y agitó el racimo y se puso a sonreír como si su mujer fuera nueva, como si su mujer brillara.

Silencio con pasos.

—Toma, Paquita, para ti, el primer racimo de uvas, no había otro racimo más bonito.

Paca se levantó (estaba leyendo y dejó de leer, puso a todos los personajes de Ana Karenina encima de la mesa) y no entendió por qué lo había hecho, si ella nunca se levantaba para saludar a nadie, y lo miró

así como,
así de,
así tan.
tan,
Tanj
Tanjii-jijiji.
Tand ccko
Tansdf é
Tan4 clj lkjñlkj
Ninoni nononi hipoiudaaak pourss ä ääää ääääää.
Y punto.
¿Qué?

Podríamos adornarlo y ponerle puentes o escribir postdatas y decir que la luz, que el pasado, que los trenes, que los rusos, que todo lo que suene a tiempo, pero no vamos a hacerlo. Fue así, de verdad, no hubo música. Paca se enamoró de su marido en la página cien. Y ni siquiera hubo beso. Y Manuel ni se enteró.

Manuel le dio el racimo y se tumbó porque «vengo destrozao, Paca», y Paca se fue con el racimo a la cocina y una vez en la cocina no supo muy bien qué hacía en la cocina y dijo en alto «por eso te quiero tanto y te doy mi corazón» y volvió al comedor y miró la puerta que daba al pasillo que daba a la calle, una calle que desde hacía muchos años no era exactamente una calle, sino una cruel prolongación de ese pasillo que daba a la puerta que daba a su comedor, y miró la pared y no vio el racimo de uvas del año anterior colgado por ningún sitio y entonces Manuel le dijo «allí Paca, allí» y Paca retiró el racimo viejo y colgó el nuevo y miró a Manuel y le dijo «pues este ya lo tiro».

Lo único que podemos añadir a todo esto es que la sensación térmica aquella tarde a las siete y cuarenta y cinco minutos fue de treinta y seis grados centígrados y que «es como si no soplara ningún viento a ningún kilómetro por hora en ninguna dirección» (cuaderno de Paca, esa noche).

—¿Y esto, Paca? —le preguntó Manuel más tarde, cuando la vio preparar la mesa para la cena.

—¿El qué?

—Esto.

—Las servilletas de hilo —le dijo ella sin mirarlo a los ojos.

—Vaya...

—Están ahí sin estrenar y digo las pongo.

—¿Qué?

—Que digo las pongo, que están sin estrenar.

—Paca, por Dios, déjate ya de susurrar. Tienes que hablar más alto, que no te entiendo, coño.

Silencio.

—Cómete el membrillo, que está muy bueno.

—Tú déjame, que ya me como yo el membrillo cuando me lo tenga que comer. No me atosigues más con el membrillo, Paca.

—Silencio.

—To el día con el membrillo.

Silencio.

—Deja que la niña cante.

—No.

Silencio.

Comen.

—No llores, Adelita —dijo Manolito.

Silencio.

Comen.

—Yo te voy a llamar Carla Camino si tú quieres, hija —dijo Paca.

—Se llama Adela —dijo la suegra de Paca.

—Me llamo Adela —dijo Adela.

—Me cago en la leche puta, pues claro que te llamas Adela —dijo Manuel.

—Mira que estás guapo hoy —dijo Paca.

—¿Qué dices? —dijo Manuel.

—Na —dijo Paca.

—Que te lo he dicho ya, que no quiero membrillo, coño —dijo Manuel.

—No le insistas más, Paca, que ya te ha dicho que no quiere membrillo —dijo la suegra.

# 3

Silencio y viñas.
Camión y puticlub.
Camión.
Puticlub.
Camión y puticlub.
Molino de lejos,
molino de cerca.
No.
Espera.
¿Qué pasa?
No es un molino, es otro puticlub.
Silencio y chicle.
Ventana y chicle.
Qué raro,
no llevan el silencio que se lleva a los sitios,
sino el que se trae de vuelta.

—Mierda.

—¿Qué?

—Que me he dejado la púa en Argamasilla —dijo Nieves.

—No te preocupes, nos turnamos la mía.

Silencio largo.

Miran por la ventana del autobús.

—Esto es mágico —dijo Nieves.

—¿El qué?

—Este paisaje.

—Pero si no hay nada.

—Por eso.

Silencio y viñas.

—¿Dónde se suicidan los manchegos?

—¿Por?

—Todo plano...

Silencio.

—Me pica todo, tía.

Silencio.

Nieves retomó las clases de piano en 1996, unos meses después de quedar en segunda posición en el Argamasilla's Windy Weekend Festival, el primer concurso nacional de maquetas de Argamasilla. Con el dinero del premio se compró una funda para la guitarra y unas mallas negras, que agujereó nada más llegar a su casa. Con las mallas, o con lo que quedaba de ellas, creyó reconquistar a Sastre, que le dijo «te miro y yo qué sé» y la besó en la frente.

Mari Campos se hizo la permanente y le regaló a su novio una pulsera de cuero y plata con un *te quiero* inscrito, pero este no la aceptó, porque llevaba algún tiempo pensando en dejarla, agobiado por la traza de formalidad que estaba tomando todo y por una monogamia que le parecía más larga que la propia vida, y cuando la vio con la permanente lo tuvo claro.

—Mari Campos.

—Dime.

—Es que no sé si quiero ser piloto.

—¿Qué?

—¿Cuánto tiempo llevamos contando el tiempo que llevamos?

—¿Qué?

—Si quiero pilotar un helicóptero, tendré que estudiar mucho todos los días. No puedo seguir así. De verdad.

—¿Qué?

—No eres tú, Mari Campos. Te lo digo de verdad, joder. No eres tú, es que quiero ser piloto y tú tienes un juego de cacerolas debajo de la cama.

—¿Qué?

—No eres tú, es el juego de cacerolas. Es el pico de la caja que asoma, son las letras que dicen acero inoxidable y tapas de cristal. Pone eso, Mari Campos, pone «Acero inoxidable y tapas de cristal». Está ahí, debajo de tu cama.

—¿Qué?

—No eres tú, Mari Campos. No sé cómo explicártelo. De verdad... Es el helicóptero que voy a pilotar un día.

—¿Qué?
—Mari Campos, te-quiero-adiós.

El adiós que se dice en una ciudad no tiene mucho que ver con el adiós que se dice en un pueblo. Desde el adiós que se dice en una ciudad se pueden advertir las prisas del futuro, ese futuro que viene en pijama o a la pata coja, pero que viene al fin y al cabo, con su capa de calles que siempre siguen, con sus personas nuevas que miran siempre nuevo.

El adiós de un pueblo es otra cosa. Es un adiós y es un hasta mañana. Dices adiós, das media vuelta, te comes cuatro pipas y se te aparece un hola, qué haces tú por aquí. Eso es el adiós de un pueblo. Es lo mismo que un «ahora te quise» y un «mañana te dejé», es un puñado de tiempos verbales caminando juntos por la misma plaza, por la misma frase y por el mismo día por falta de espacio, no por nada más, porque lo demás es campo.

—¿Eso te ha dicho? —le preguntó Nieves.

—Sí, me ha contado una movida sobre helicópteros.

—Joder, qué payaso.

—Quiero irme de aquí.

—Y yo.

—Quiero llegar ya.

—¿Adónde?

—No lo sé. Estoy harta de todo.

—Y yo —dijo Nieves mientras sacaba de su bolsillo un folio doblado—. Mira, ayer le cambié la letra a *Dos que ya no se besan*.

—¿Qué voy a hacer ahora?

—A ver qué te parece. Le he cambiado el título. Ahora se llama *Rapsodia de tu beso de mierda*. ¿Empiezo?

—¿Qué rapsodia, Nieves? Puto pueblo, tía. Putas cacerolas.

—¿Qué cacerolas?

—Debajo de mi cama hay un juego de cacerolas. Y sartenes... Mi madre lo va metiendo todo ahí para cuando me case o me junte con alguien.

—¿Qué?

—Y una plancha, tía. Y manteles, hay por lo menos ocho o diez manteles. Y creo que un tostador. Tía, Nieves, llevo toda la vida durmiendo sobre un futuro de rulos.

—Pues debajo de mi cama no hay nada, Mari Campos —dijo Nieves.

—¿Qué dices? —preguntó Mari Campos—. No me lo creo. Algo tiene que haber.

—Te lo juro. Nada. Mi madre no me compra nada de eso.

—¿Nada?

—Nada —vuelve a decir Nieves, e inmediatamente mira su folio y dice «Empiezo. No te asustes, también he cambiado un poco la música».

Mari Campos la escucha.

Silencio.

—¿Qué te parece? —pregunta Nieves.

—¿Tú crees que debería hablar con él? —pregunta Mari Campos.

—Silencio.

—Te da igual, ¿verdad?

Días más tarde se fueron de excursión con el instituto a Madrid, a visitar el Museo del Prado. Era una excursión de ida y vuelta en el mismo día. Era la primera vez que iban a Madrid. Era un autobús de cincuenta y pico jóvenes cargados de porros y de litronas y ellas dos subiendo con sus guitarras y con la idea de tocar en algún momento en la calle o en el metro o en algún parque de Madrid.

—¿Se puede saber adónde vais con las guitarras?

—¿Nosotras?

—Ni se te ocurra cambiarte el nombre cuando llegues a Madrid, que te conozco —le dijo Adela a su hija desde la puerta de la cocina—. Todas las tontucias se cambian el nombre cuando van a Madrid.

—Me da igual lo que digas, mamá, tengo diez mil pesetas. Y tranquila, que nunca me pondría un nombre artístico como el que te pusieron a ti, Carla Autopista.

La madre de Nieves se quedó callada y Nieves se quedó callada y las dos se miraron por primera vez en muchísimo tiempo con interés. Adela se secó las manos en el mandil, se sentó en una silla y le preguntó cómo se había enterado de eso.

—¿Qué más da? Lo sé y ya está.

Paca estaba en su ángulo oscuro, con sus ojos llenos de manchas blancas, chupando un caramelo de piñones.

—Déjala en paz, Kitty —dijo Paca.

—Que no me llamo Kitty, mamá, que me llamo Carla, que soy tu hija.

—Pero mamá... Te llamas Adela.

Durante el trayecto a Madrid se preguntaron cómo besaría un estudiante de Historia y un estudiante de Administración y Dirección de empresas.

—Los universitarios de letras besan mejor, estoy segura —dijo Nieves.

—¿Sí?

—Sí.

—Y el estudiante de Historia siempre te aparta el pelo de la cara, incluso cuando no tienes ningún pelo en la cara que apartar, cuando llevas una cresta, por ejemplo.

—¿Cómo lo sabes?

—Yo qué sé. Lo sé.

—Pues yo no me enrollaría nunca con un estudiante de Historia —dijo la chica que iba sentada detrás—. Nunca besaría ni a un estudiante de Historia ni a un estudiante de Administración y Dirección de empresas. Si puedo elegir, prefiero enrollarme con un estudiante de Medicina, que sabe lo que tiene entre manos.

—Ya, pero el estudiante de Medicina solo es interesante a partir del tercer año de carrera, eso hay que tenerlo muy en cuenta —dijo Mari Campos, que iba sentada al lado de Nieves.

—Y el estudiante de Historia solo es interesante el primer año de carrera.

—Y el de Administración y Dirección de Empresas solo es interesante cuando se cambia de carrera —dijo la chica que se sentaba delante de Mari Campos.

—Un veterinario.

—Esos son difíciles. Toma el porro. Escóndelo bien, que a ti siempre te pillan.

—¿Por qué son difíciles?

—Porque no salen mucho.

—¿Y un maestro?

—¿Qué? No, nunca. El estudiante de Magisterio no es interesante en ningún momento.

—A ver... Un enfermero.

—No, qué dices, es muy raro que un estudiante de Enfermería se lleve bien con su padre.

—¿Y eso qué más da?

—Pues da, claro que da. ¿Cómo te vas a enrollar con un tío que nunca sale de fiesta porque su padre no le da dinero para salir? Dime, ¿cómo?

—El estudiante de Filosofía, tías, no me digáis que no.

—¡Sí!

—Pero solo si es de pueblo. Si es de ciudad nos podemos llevar un chasco de los grandes.

—¿Y cómo besarán?

Silencio, ventana.

—Pues mal, seguramente muy mal. Pasa el porro ya, joder, que nos van a ver.

—El estudiante de Derecho.

—No.

—No.

—No.

Silencio.

—Ya lo tengo, el mejor beso lo tiene que dar el estudiante de Humanidades —dijo Nieves.

—¿Por qué?

—Pues porque no tiene nada que estudiar, el estudiante de Humanidades solamente va de un lado a otro.

—¿Y?

—Que sí, que seguro que da besos muy chulos, como de película, besos de caminar después hacia otro beso y después hacia otro beso... Toma. Y después hacia un morreo que te cagas en una calle estrecha y sin bordillos, una calle meada y llena de artistas, y después hacia el beso de portal, uno de esos besos que ya no pueden llamarse besos, que sabes que no son besos, que son gacelas de Grant o yo qué sé, y después hacia un «no hay ascensor, tenemos que subir a pata» y después hacia un pasillo oscuro y larguísimo y después hacia una habitación llena de fotocopias tiradas por el suelo, fotocopias de cosas de todo tipo, de todo lo que ha conseguido el ser humano, porque en la carrera de Humanidades solamente estudian lo que ha conseguido el ser humano, tías.

—Joder, te lo has fumado todo.

—Y claro, todas esas fotocopias estarán por el suelo... ¿Os imagináis un beso sobre una fotocopia del primer astronauta que pisó la Luna, allí en la Luna, dando saltos?

—¡Joder, qué guay!

—Tías, estoy mareada.

—Un pequeño beso para el estudiante de Humanidades, un beso aún más pequeño para la humanidad —dijo Nieves.

—¿Y un beso sobre una fotocopia de la penúltima página del *Cantar del Mío Cid?*

—Dios, qué puto asco de imaginación tienes, Laura, voy a vomitar, cállate, que tú para imaginar no vales.

—¿Y un beso sobre la fotografía de un volcán en erupción? En Humanidades también dan todo eso de las placas tectónicas —dijo la que se sentaba detrás de Nieves.

Silencio.

—Que sí, que no es broma; el otro día dijeron en la tele que los mejores sismógrafos del mundo son españoles diplomados en Humanidades y que nada más acabar la carrera los contratan en Japón, que los japoneses pagan auténticas fortunas por nuestros atunes y por nuestros diplomados en Humanidades.

—Dios, qué mareo tengo.

Silencio.

Madrid 65 kilómetros.

—¿Os imaginas un lugar llamado Erupción?

—Estás fatal.

—¿Cómo se llamarían los de Erupción?

—No sé. ¿Los erupcioninos?

—No, muy largo.

—¿Los erupitos?

—No, eso suena peor.

—¿Los erups?

—Sí.

—Sí.

—Sí, sí, sí, sí. Los erups.

—Los erups, tías. Voy a escribir una canción sobre los erups.

—Ya verás qué risas en Madrid. Estoy deseando que alguien me pregunte de dónde soy.

—¿Y si te preguntan dónde está Erupción?

—Pues les digo el valle, el valle de Nueva Erupción o la comarca de Nueva Erupción, algo así.

Silencio.

—¿Os imagináis que os besan encima del Imperio romano?

Silencio.

Profesor.

Paseíllo.

Hola.

Jajaja.

Menos risas por aquí.

Jajaja.

¿Qué es eso?

Nada.

Jajaja.

¿No estaréis bebiendo?

No.

Jajaja

Paseíllo.

Jajaja.

Menos risas.

Jajaja.

Silencio.

—¿Os imagináis un beso encima de un teorema?

—No, yo lo que me imagino es un beso encima de la Edad de Hierro.

—Un beso encima de la Guerra de la Independencia.

—Un beso jajaja encima de jajajajajaja.

—Dilo jajaja.

—¿Lo digo jaja?

—Jaja sí.

—¡Venga!

—Vale: un beso encima de las casas colgantes de Cuenca.

Silencio.

—Yo no he estado nunca en Cuenca.

—Yo sí.

—Yo también.

—Yo también, pero no me acuerdo.

Silencio.

—Un beso encima de un parto.

—¿Un parto?

—Pues claro, un parto, también estudian los partos, ¿no?

—Yo paso de vosotras.

—Anímate, Mari Campos...

—Estoy un poco mareada.

—¿Te imaginas que te desabrochan el pantalón encima de la cara del Rey?

—¿Sabes que mi tío tiene una foto con el Rey?

—¿El Manolo de Mallorca? —preguntó Mari Campos.

—Sí. Tiene una foto con el Rey. ¿No te lo dije? El rey es superalto y supercampechano.

Silencio. Ventana.

—La púa, tía, no dejo de pensar en la púa.

Ventana.

—Tengo muchas ganas de hablar con mi padre, Mari Campos. Hace mucho que no hablo con él, cada vez nos llama menos... Ya verás cuando le cuente que hablaron de nosotras en el periódico. Ya verás cuando le diga lo de «el público de Argamasilla de Alba, entre el que se encontraban hasta gentes del Japón, estalló en aplausos, y no es para menos, el conjunto músico-vocal formado por las dos argamasilleras es magnífico y estamos convencidos de que a ambas les aguarda un futuro repleto de éxitos musicales, no en vano obtuvieron el segundo puesto, que les fue entregado por el consejero de Educación, Cultura y Deportes de Castilla la Mancha, Agustín Rubio de Jovellanos. Les seguiremos la pista». Me lo sé de memoria, tía.

Madrid 15 kilómetros.

—La púa, no dejo de pensar en la púa.

Mari Campos se murió en Madrid ese mismo día, en la cola del Museo del Prado. Dijo «no me encuentro muy bien». Después se cayó al suelo. Al rato estaba metida en una bolsa de plástico y a los pocos días hizo el camino de vuelta a Argamasilla de Alba dentro de un ataúd.

Nieves no fue al entierro, aunque a partir de entonces visitaría el cementerio con cierta regularidad. Tampoco fue al instituto, lo dejó. Durante los siguientes meses se dedicó a dar clases particulares de inglés a niños por las tardes. Los sábados por la mañana se iba a Tomelloso, al local donde ensayaban los ganadores del AWWF, un grupo de rock llamado The Forfaits formado por cinco veinteañeros, con quienes Mari Campos y ella habían compartido nervios, risas y cervezas antes y después de actuar. El resto del tiempo lo pasaría entre la escuela de música y su casa, practicando ejercicios de piano, componiendo sus propios ejercicios de piano y escribiendo canciones.

—Pero Nieves —le decía la profesora— los ejercicios ya están hechos. No tienes que componerlos tú.

A esta época pertenecen los temas *Sorry, Te has llevado el campo, Tu tostador, mi púa, La piscina portátil, Karaoke de las noches rojas, Éramos iguales, El Museo de mierda, Debajo de tu cama, Humanistas de acero inoxidable, Futuro de rulos, Sonata de mierda en Fa sostenido menor, El sismógrafo de Socuéllamos, La Patagonia es mi madre, Nunca a Cuenca, Gentes del Japón* y *Mari Campos seventeen*, entre otros. También escribió una canción sin música titulada *Cómo será el mundo en el año 2000*, que metió en un sobre y entregó a Rosario, la madre de Mari Campos.

—Quería darte esto, Rosario. A Mari Campos le gustaba mucho imaginar cómo sería su vida en el año 2000. Hacíamos apuestas y todo. La echo mucho de menos.

—Muchas gracias, Nieves.

Por las noches se sentaba con su madre y con su abuela frente a un televisor apagado, en penumbras.

Sastre dejó de parecerle interesante. Se cruzó con él algunas veces, pero no sintió nada especial, ni siquiera cuando él le dijo que había decidido estudiar la carrera de Humanidades.

—Ah, ¿sí?

No se lo imaginó trabajando como sismógrafo en Japón ni besándola a ella ni a ninguna otra chica encima de ningún imperio ni de ningún volcán ni de ningún teorema. Se lo imaginó cincuentón, aburrido, calvo y cincuentón, caminando con un taco de fotocopias del *Cantar del Mío Cid* por la calle principal de una ciudad mediana tirando a pequeña con otra cincuentona, siendo adelantados por ambos lados por la gente y hablando en alto para sí mismos («no se me vaya a olvidar comprar las pilas del mando de la tele, no se me vaya a olvidar comprar las pilas del mando de la tele») mientras esperaban que algún semáforo se pusiera en verde. Le deseó que todo le fuera muy bien en la universidad y le dijo que ella no volvería nunca al instituto, que había tomado la decisión de dedicarse por completo a la música y que estaba preparando unos temas para participar en otro concurso, uno bastante más serio que el AWWF, al que también se iban a presentar los Forfaits.

—Al ganador le dan treinta mil pelas y le graban una maqueta profesional. A ver si tengo suerte. Ya tengo mis músicos y todo.

—¿Qué?

Por las mañanas volvía a tocar el piano.

Meses antes de cumplir los dieciocho años comenzó a escribirle cartas al primo de su madre, a Vicente Dorado, al que solo había visto una vez, en el entierro de su abuelo Manuel. Apenas lo recordaba, porque su abuelo se había muerto en el verano del 88, cuando ella tenía diez años. En las primeras cartas le habló de su familia, de su abuela, de su hermano Roberto, de la evaporación de su padre. Más tarde le habló de la música, de la composición, de los ensayos en Tomelloso, de los músicos que iba conociendo, de los concursos y de sus avances con la guitarra y con el piano. En una carta le habló de la muerte de su mejor amiga. En casi todas le habló de las noches en el pueblo, de las noches paralíticas al lado de su madre y de su abuela y de los programas de televisión que veían juntas.

«Hola, tito, a lo mejor no te acuerdas de mí, pero no importa. Soy tu sobrina, la Nieves, la hija de la Trenca. ¿Sabes? Para que algo parezca habitado en este pueblo de mierda se requiere un esfuerzo extra, un esfuerzo que seguro que conoces bien. A lo mejor ni te llega esta carta, pero bueno. He encontrado esta dirección y he pensado que a lo mejor te gustaría saber cómo estamos. Mi abuela Paca está mala, no ve. No sé si sabes que vive la mayor parte del tiempo con el temor de que un grupo de rusos la secuestre. Dice que la espían y que quieren tirarla a un hoyo. Por las noches nos pone la cabeza como un bombo con el tema de los rusos. Mi hermano Roberto está ya muy grande y por suerte es igualito que mi padre. Mis padres se separaron y mi padre se fue a Manchester. Hace meses que no nos llama ni coge el teléfono. ¿Tú sabes algo de él? Mi madre sigue limpiando en el hostal y la semana que viene va a empezar a limpiar también en la cueva de Medrano. No sé qué más contarte. Es un rollo esto. Te mando saludos.

Postdata: Espero que me escribas alguna carta desde Nueva York, sería un puntazo».

# 4

José Antonio nació en Jaca en 1976. A los catorce años comenzó a tontear con el *heavy*; a los diecisiete ya era *heavy* integral. A los dieciocho se fue a Zaragoza, a la universidad. Empezó la carrera de Arquitectura y la dejó. Empezó la carrera de Filosofía y la dejó. Empezó la carrera de Magisterio en Educación Infantil y la dejó. Empezó un curso de especialista en imagen y sonido y lo terminó.

En el año 2000 comenzó a trabajar en una productora de televisión de Zaragoza como becario, como asistente del asistente del editor no lineal. Le dejaban hacer rótulos y también colaboraba en el montaje de algún documental, si bien los jueves trabajaba como cámara en el programa de cocina *Con S de sabrosura*, de la misma productora, que se grababa en falso directo.

Como el cocinero y la presentadora apenas se movían, José Antonio no tenía que hacer prácticamente nada. Su plano era el estático y su misión consistía en permanecer de pie detrás de la cámara durante horas.

Ni un simple zum.

Nada.

Se colocaba unos cascos y escuchaba hablar al realizador con el otro cámara, el profesional, el que se encargaba de los planos cortos, el que enfocaba el sofrito, el horno, la batidora, la mirada de la presentadora perdida en la sartén y la carta que volaba, porque siempre había una carta que volaba, un sobre que ganaba un concurso y que había que enfocar en el momento justo para conseguir un primerísimo primer plano del remitente, JOSÉ MANUEL SÁNCHEZ CORTIZO, ALMONACID DE LA SIERRA, ZARAGOZA, el que sentía la presión del falso directo de verdad, el cámara profesional. Grababan los cinco programas de la semana el mismo día y después solían salir a tomar unas cervezas todos los miembros del equipo, presentadora y cocinero incluidos, antes de volver a casa.

Un jueves, el cocinero caminó demasiado rápido hacia el horno y José Antonio abrió el plano de su cámara sin que nadie se lo pidiera. Fue, según explicaría José Antonio más tarde en el bar, un acto reflejo. Abrió el plano, corrigió el aire y escuchó por los cascos cómo lo felicitaba el realizador.

—Muy bien, hombre, has estado rápido, muy bien.

Sin embargo, durante el mes y medio que siguió trabajando allí, no volvió a hacer nada parecido ni nadie lo volvió a felicitar por nada.

A finales del verano ese mismo año, a los veinticuatro años y en paro, conoció a Meritxell, su primer gran amor de mierda, una mallorquina de abuelos zaragozanos diez años mayor que él recién separada, con hija y gata.

Meritxell era *heavy*, perfecta y *heavy*. José Antonio pensó que nunca encontraría a nadie como Meritxell, porque podría encontrar a otra mujer perfecta, porque el mundo estaba lleno de mujeres perfectas, pero no de mujeres perfectas y *heavys*, y en cuestión de un par de polvos de aseo de garito (el primer polvo sonó *grindcore*, el segundo un pelín AOR) se convenció de que jamás podría sentir lo mismo por nadie.

—No vuelvas a Mallorca, Meritxell. Quédate en Jaca.

—Ay, la hostia.

Mantuvieron una relación a distancia. Se llamaron por teléfono y se escribieron cartas y se contaron sus vidas y los conciertos de sus vidas. Se mandaron fotos de cuando eran pequeños.

Aquí estaba enfadado.

Aquí me estaba peleando con mi hermano.

Aquí casi me pierdo.

Profundizaron en sus gustos musicales y se recomendaron grupos, al principio con la delicadeza propia del cortejo («esta canción me recuerda la hostia a ti, Meritxell, es del último gran disco del *metal* español, *En un lugar de la marcha,* de Barón Rojo) y más tarde con una vehemencia que en ocasiones y siempre por parte de ella llegaba a resultar intimidatoria, por no decir amenazante («joder, me cago en mi puta vida, no me jodas que no has escuchado el puto *Rising* de Rainbow, si es el mejor álbum de todos los tiempos. Hostia puta. Tienes que escuchar todo Deep Purple, todo Rainbow, todo Ritchie Blackmore, hostias, que Ritchie Blackmore es mi Dios. En serio, Toni, me jode un huevo que no sepas ni quién es, tronco, no me esperaba esto de ti. Pues nada, yo solo te voy a decir una cosa: primero lo escuchas y después hablamos, que ya me has dado el día, ya me lo has dado, te cuelgo, que tengo a la Julieta aquí con los mocos, *adeu*»). También se pidieron favores del tipo no me olvides, por favor, y hubo varios ofrecimientos por parte de José Antonio para viajar a Mallorca.

—Si es que vivo a tomar por culo, en Campanet —le dijo ella—, aquí no hay nada más que ovejas y almendros, te vas a aburrir mucho, no seas cagaprisas, Toni, que ya voy yo a Jaca en Navidades. Además, no me jodas que no es la hostia que nos estemos conociendo a distancia, que si ahora te escribo, que si ahora te llamo. Eres muy especial para mí, tío, te lo digo en serio, esto es muy fuerte. Como sigamos así voy a empezar a sentir cosas de verdad.

Para octubre de ese mismo año ya se habían contado las vidas y los conciertos y los festivales de sus vidas y ya poco tenían que contarse aparte del día a día, un día a día que para José Antonio era un 40 por ciento dormir y un 60 por ciento de «paquí y pallá buscando trabajo y yo qué sé, pensando en ti y eso», y entre el «paquí», el «pallá» y el «yo qué sé» no había grandes distancias, ni físicas, ni metafísicas ni de ningún tipo.

Para Meritxell, sin embargo, el día a día estaba lleno de mierda:

—Te cuelgo, que tengo el salón lleno de mierda.

—Te cuelgo, que tengo la cocina llena de mierda y está mi prima al caer. Es una hija de puta de la limpieza.

Las cartas de Meritxell eran cada vez menos y cada vez más cortas, pero no por desinterés, sino por comodidad, porque sencillamente no tenía nada especialmente largo que contarle, así que para hacer bulto se pintaba los labios y le daba un beso a una servilleta de papel y la metía en el sobre. O le enviaba la letra de alguna canción de Deep Purple con su traducción al mallorquín. Un día metió un dibujo que acababa de pintar su hija.

Postdata: Mira lo que ha pintado la Julieta.

El dibujo se titulaba Julieta en el dentista, y en él aparecía la niña tumbada sobre un sillón electrohidráulico con un hombrecito verde a su lado. El hombre no tenía dedos, sino estiletes, y de él salía una especie de flecha roja que apuntaba a unas letras rojas también: MI PAPI.

José Antonio se quedó impactado.

Hostia puta.

Es dentista.

Qué hijo de puta.

Hostia puta.

Su papi.

Hostia puta.

Aquella niña tenía padre, un padre de bata verde con dos brazos, dos piernas, un trabajo de casa propia y, seguramente, un buen coche de cinco puertas pagado a tocateja. Hasta entonces, el exmarido de Meritxell había sido una palabra sin sombra y sin planes, una figura desprovista de sustancia que no vivía en ningún sitio.

Exmarido, dícese de una remota probabilidad tumbada bocabajo.

Exmarido, dícese de una idea en camisón. El clásico fantasma inglés de la típica idea aragonesa que se aparece en camisón por las noches en la curva más peligrosa del insomnio.

Exmarido: dícese de un dato suelto y solo, desconectado del resto de los datos, coloquialmente conocido como un conguito de información a su puta bola.

La madre que me parió, pensó José Antonio cuando vio el dibujo, sus ojos puestos en el hombre cuyas manos estaban llenas de catanas, punzones, dagas, hachas y cuchillos, aquel MI PAPI, la mascarilla verde.

Hostia puta.

Hostia puta.

Hostia puta.

Hostia puta, tú.

José Antonio se sintió indefenso, tan indefenso que no somos capaces de comprender por qué colgó el dibujo en el frigorífico en mitad del susto. Le puso un imán encima y allí se quedaron padre e hija, él con sus manos llenas de profesión, ella con la boca abierta. A partir de entonces, el padre de Julieta dejaría de ser un tabú y aparecería de vez en cuando en sus conversaciones, pero José Antonio nunca quiso ponerle nombre. Meritxell se refería a él como mi exmarido y José Antonio se referiría a él como el dentista.

La relación continuó, pero poco a poco se fue haciendo más trabajosa. José Antonio la llamaba con rutina y le contaba la vida pequeña. A veces se preguntaban el uno al otro si eran novios.

—¿Somos novios o qué? —decía él.

—Que sí, joder.

—Vale, vale, Meritxell, no te enfades. Era por confirmar, solo eso... Tengo ganas de verte.

—Yo también.

—Pero muchas.

—Yo también, Toni, pero ya no me acuerdo de tu cara.

—¿Hace frío por allí? En Jaca nos estamos congelando.

A veces no sabían ni de qué hablar. Julieta, ponte tú.

—¿Qué haces?

—Aquí.

—¿Pintas mucho?

—Sí.

—¿Qué pintas?

—Molinos.

—¿Molinos?

—Sí, molinos con los ojitos azules.

—Pero ¿tú has visto alguna vez algún molino con ojos?

—Sí, todo el rato.

—Pues vaya (tose). Y dime, ¿vas mucho al dentista?

—No.

—¿Tienes muchos dientes?

—Sí.

—¿Cuántos?

—Cien.

—¿Y se te va a caer alguno?

—No sé.

—¿No lo sabes? ¿No se te mueve ninguno?

(Silencio. Julieta se toca los dientes.)

—¿Y la escuela?

—La escuela no me gusta.

—¿Y eso?

—Porque no.

—A mí tampoco me gusta mi trabajo —le dijo José Antonio—. Ahora trabajo como ayudante de antenista en Zaragoza y me paso el día en los tejados.

—Mamá, no quiero hablar con este hombre.

—Trae, anda. Oye, Toni, te voy a tener que ir colgando, que tengo el piso lleno de mierda.

Meritxell fue a Jaca en Navidades. Quedó con José Antonio en el garito donde se habían conocido. A la cuarta cerveza él la llamó «mi amor» y le pidió que se quedara.

—Quédate.

Le dijo que no podría soportar otros seis meses separados y que necesitaba saber si para ella la relación era importante o no.

—Quédate.

Que no podía seguir así.

—Quédate.

Que la veía guapísima, más guapa todavía que en verano. Que había sufrido mucho y estaba dispuesto a hacer cualquier cosa por ella, que estaba enamorado como nunca jamás lo había estado, que por favor le dijera sí o no, sí o no, sí o no.

—Quédate conmigo, Meritxell.

—Pero joder, la hostia, Toni, que acabo de llegar.

A la mañana siguiente ella le dijo que vale, que sí a todo, pero que si querían seguir juntos él tendría que trasladarse a Mallorca.

—Es que tengo toda la pesca allí, tío.

—Lo sé, mi amor.

—Lo he decidido. Lo tengo claro, macho.

—Y yo, mi amor. Yo quiero estar contigo.

—Mi vida no es fácil, Toni.

—Lo sé. La mía tampoco.

—Me da igual lo que diga la gente cuando te vea, Toni.

—Estoy enamorado de ti.

—Y yo de ti.

José Antonio dejó su trabajo de ayudante de antenista en enero del 2001. Se fue a Barcelona en su coche y tomó el ferri a Palma de Mallorca. Llegó de madrugada. Dio varias vueltas por el centro y se tomó un café en la primera cafetería que vio abierta.

Llovía.

Sonaba *Sex Bomb*.

Se acordaba perfectamente de lo que había soñado en el barco. Era una mujer muy gorda con una gabardina. De lejos era un soldado, pero de cerca era una señora muy gorda. Se le acercaba en un parque, le decía algo en inglés y le enseñaba las tetas. No había ningún otro cliente en la cafetería. Sobre una servilleta escribió: «Una señora gorda que de lejos era un soldado me ha enseñado las tetas. Parecía pobre. Se fue corriendo. Me pareció increíble que aquella mujer pudiera correr. Yo estaba en un parque, sentado en un banco». Se pidió otro café y le preguntó la hora al camarero.

Eran las siete y cuarto de la mañana y estaba contento.

# Tercera parte

# Los años raros

# 1

La noche del 3 de febrero de 1972 Howard Cunningham se enteró de que tenía que casarse con Adela sí o sí. La boda se celebró dos semanas después en la iglesia de San Juan Bautista de Argamasilla de Alba. Con el dinero que juntaron en la boda se compraron un par de trencas y se fueron a Toledo de luna de miel, algo que Howard también tuvo que aceptar sí o sí, ya que Adela siempre había soñado con visitar Toledo. En algún momento durante el viaje de ida, Howard pensó que podría llegar a enamorarse de su mujer y sintió alivio.

Cuando llegaron al hotel, Adela comenzó a encontrarse mal.

—Me duele un poco.

—¿Dónde?

—Aquí.

Al rato estaban buscando una farmacia o una droguería donde comprar compresas.

—Pero ¿no decías que estabas embarazada?

Adela no quiso ir a ningún médico.

—Ha sido un retraso o un aborto, yo qué sé, si es que soy tonta, seguro que ha sido un retraso, un re-tra-so, un re-tra-so. —Lo decía despacio, como si así Howard la fuera a entender mejor—. Tenía que haber esperado un poco más para estar segura. La verdad es que algunos meses la regla se me retrasa bastante, pero Dios mío de mi vida, ¿cómo iba yo a pensar que era un retraso después de lo que habíamos hecho?

—*What?*

Por la noche lloraron.

El hotel era feo.

Adela se culpaba una y otra vez.

Ya estaban casados.

Soy tonta, soy tonta.

Howard no durmió.

Adela lo abrazaba y le decía «pero yo te quiero, eso sí que lo sé».

Hacía frío.

Adela no estaba embarazada y no sabía si lo había estado, pero ya se habían casado de urgencia.

Él tenía veinte años.

Ella dieciocho.

*Fucking hell.*

Creían en Dios.

A los pocos días comenzaron las reformas en la casa de Paca y de Manuel, donde los recién casados se quedaron a vivir. Cuando llegaron los obreros y preguntaron qué era lo que tenían que hacer, Adela les dijo que básicamente tenían que partir la casa en dos, que Howard y ella querían tener su propia sala, su propio baño, su propia cocina y su propia puerta de entrada.

—Mis padres, mi abuela y mi hermano, que entren por la puerta del corral. Nosotros entraremos por la principal.

Los obreros dieron unas vueltas por la casa y concluyeron que el proyecto era viable.

—Se le come un cachejo al corral y sale la cocina.

Sin embargo, los obreros les advirtieron de que habría una estancia de paso que inevitablemente todos los miembros de la familia tendrían que compartir, pues no habría más remedio que pasar por ella para acceder tanto al baño de los padres como a la cocina de la hija.

En aquella estancia de paso le pusieron el sillón y los arreos de costura a la suegra de Paca.

—Aquí estará usted mucho mejor, que entra directamente la luz del corral —le dijo Paca.

—Que no, que no. Aquí no me gusta a mí. Esto es tierra de nadie —dijo la suegra.

—No diga usted tonterías. Esto es tierra de todos.

—Que no. Aquí no me vengo yo, al lao del váter.

—Ya le hemos traído el sillón y ya no se puede mover. Si quiere usted seguir cosiendo se tiene que poner aquí.

A principios de abril, Manolo y Howard se fueron juntos a Palma de Mallorca a echar una nueva temporada como camareros. Esta vez, Manolo no se plantearía el regreso a la isla como una elección, sino como algo incuestionable y necesario. Ya no había un primo a su lado tratando de convencerle de que aquella isla era otro mundo ni unos padres tratando de convencerle de lo contrario, de que lo que tenía que hacer era quedarse en el pueblo y ayudar en las tareas del campo, como siempre había hecho. Ya no había en aquel viaje componentes de hazaña ni de aventura. Las guiris estaban descubiertas y el mar también. Manolo sabía que le tocaba ir otra vez y punto: su familia necesitaba el dinero. El accidente con el tractor había dejado a su padre sin tractor y sin apenas movilidad en el brazo izquierdo, y la última cosecha había sido bastante mediocre. La boda de su hermana había sido criticada, precipitada y aburrida, pero no por ello menos costosa; hasta los dos cordobeses con los que habían compartido habitación durante la temporada anterior en el Meliá Mallorca habían acudido de emergencia al convite, más por la curiosidad de saber cómo habían podido cazar al guiri tan pronto que por compromiso («No es por nada, Howard, pero esto en París no te habría pasado», le dijo uno de los cordobeses cuando vio a Adela), y Manolo se había gastado prácticamente todos sus ahorros en la boda de su hermana.

—Ya verás qué boda, ya verás, Adela. Tú no te preocupes por nada, que tu hermano tiene dinero y tu hermano se encarga de todo. Para mi hermana, lo que haga falta, que solo tengo una. Y chitón. Que no me entere yo de que necesitas algo y no me lo pides.

—Gracias, Manolo.

Le había comprado una mesa y unas sillas para el salón, le había comprado a medias con su padre el vestido de novia; le había pagado la peluquería, las flores, las fotos y el álbum de las fotos; le había dado también dinero en mano para que se comprara una vajilla a su gusto y algún vestido bonito para pasear bien puesta por Argamasilla de Alba, que ya verás qué guapa vas a estar, que mi hermana es la más guapa del mundo, que no me entere yo de que te falta algo, cago en to lo que se menea. Había querido poner un poco de dinero también para el convite, pero ni su padre ni Howard le habían dejado (pero quita ya, coño, quita, me cago en Dios), y había contratado por su cuenta y riesgo, sin decírselo a nadie, a una banda de músicos yeyés. Había llorado de orgullo y de ilusión mientras iba de camino a la iglesia, pensando en que pronto sería tío y en lo mucho que su hermana se merecía ser feliz, y en algún momento durante el convite había llorado de rabia y de lucidez.

—Esta canción es de los Beatles, papá.

—Eso está bien, hijo, que sepas de todo un poco.

*She loves you, yeah, yeah, yeah.*

*She loves you, yeah, yeah, yeah.*

—No baila nadie.

—Es lo que hay —dijo Paca.

*With a love like that.*

*You know you should be glad.*

—La tía Balbina y las primas ya estarían bailando ahí en el centro, ¿verdad, mamá?

—Tú déjalas en Suiza, que allí están muy bien.

Los dos cuñados no regresaron de Palma de Mallorca hasta octubre. Habían trabajado en hoteles diferentes y Howard llegó a Argamasilla dos semanas antes que Manolo. En la casa todos habían respetado durante aquellos meses las nuevas divisiones del espacio con una obediencia casi militar, un comportamiento generalizado que tal vez tenía su explicación en el excesivo celo con que Adela protegía su recién estrenado territorio.

Socorro, la suegra de Paca, se levantaba, se lavaba, desayunaba y, sin que nadie le dijera nada, se iba a la salita de paso, se sentaba en su sillón y se ponía a coser trajecitos para bebés hasta que llegaba la hora de comer.

—¡Socorro! ¡Ya está la comida!

—Ya voy.

Entonces la mujer, que ya tenía setenta y cinco años, cogía su garrota, se levantaba del sillón y realizaba con dificultad uno de los trayectos más largos que podían hacerse dentro de la mitad de la casa que le correspondía: el trayecto que iba desde su sillón hasta el salón viejo. Después de comer y de haber disfrutado un poco del trato familiar, volvía a la salita de paso, se sentaba de nuevo en su sillón y seguía cosiendo trajecitos para bebés hasta que se quedaba dormida.

Roncaba.

Luego se despertaba e iba al baño, y como el baño estaba justo al lado del sillón, no se cruzaba con nadie. Se dedicaba a mear, a cagar, a coser, a dormir y a comer, y casi todas aquellas actividades las hacía en el sillón o muy cerca de su sillón. Si su nuera o su hijo iban al cuarto de baño, se veía en la tesitura de tener que decirles algo, de emitir por compromiso algún sonido, una especie de saludo que no era exactamente un saludo, sino una civilizada confirmación gutural de que los había visto; pero lo hacía con cierto reparo, ya que sabía que iban a mear o a cagar prácticamente al lado de su sillón, y cuando salían de allí, en función de lo que hubiera escuchado, levantaba o no la vista de su costura.

Muchas veces al día veía a Adela entrar en su cocina.

—Hola, abuela.

—Hola.

—Hasta luego, abuela.

—Hasta luego.

—Eh.

—Uah.

—Oehe.

—Aio.

Ya después de cenar, se quedaba en el salón viejo con Paca y con su hijo, o con Paca a solas si Manuel estaba en el bar o por ahí, pero la mayoría de las noches Paca se ponía sus gafas y leía novelas rusas, unas historias que estaban llenas de ternura y de humanidad, de lucha y de resignación, de niebla y de problemas, de fábricas y de martillos, pero sobre todo de personas encorvadas que iban a matar o a morir o que temían por su vida, y escribía anotaciones en un cuaderno o directamente sobre las mismas novelas rusas y apenas le daba conversación a su suegra, acaso para decirle que le dolían los ojos y que lo veía todo con puntitos negros o que los rusos estaban locos.

—Coño en Dios.

—¿Qué pasa?

—Que la persigue un espía zarista —le dijo Paca en una ocasión—. Esto no tiene ni pies ni cabeza. Los rusos están locos.

En las noches de verano sacaban a Socorro una mecedora a la puerta del corral y la dejaban allí para que le diera un poco el aire y escuchara los grillos y el sonido crujiente de las hojas de los árboles y saludara a quien quisiera, algo que acabó haciendo con ansias. Es muy probable que fuera durante aquellos meses cuando comenzó a hablar sola, a preguntarse todo tipo de cosas en alto y a respondérselas también en alto, una manía que al principio pasó inadvertida incluso para ella misma, pero que poco a poco se fue descontrolando hasta el punto de que para el final de sus días ya se había convertido en un auténtico problema.

El reencuentro de Howard con Adela fue raro.

—Hola.

—Hola.

Silencio.

—¿Qué tal el viaje?

Adela se había casado sin haber tenido novio y llevaba aproximadamente siete meses haciendo vida radical de esposa sin la presencia del marido.

—Bien, muy largo.

—Ya...

Silencio.

Había hecho migas con chorizo y había cantado en voz muy baja unas coplas mientras hacía las migas con chorizo (yo debí serrano cortarme las venas / cuando entre los ayes de una copla mía), había ido a la peluquería, se había pintado los labios y se había puesto un vestido de estampado psicodélico bastante moderno a juego con una cinta de color rojo en el pelo. A Howard la casa le pareció muy acogedora, puede que la más acogedora que había visto nunca. Había una gigantesca fotografía en blanco y negro de Adela vestida de novia colgada en la pared, que le impactó. También había un brasero de picón debajo de la mesa, unos cojines nuevos y un jarrón con margaritas de mentira encima del taquillón de la entrada. La casa olía muy bien. A un lado del jarrón había una figurita de la Virgen de Peñarroya y al otro lado un pequeño cuenco de cerámica lleno de caramelos, un detalle que le gustó mucho. El contraste entre la habitación pelada y sin ventanas que había compartido con otros camareros durante la temporada turística en Palma de Mallorca y la casa en la que ahora se encontraba era abrumador. Entre el pequeño cuenco de caramelos y la gran foto nupcial había una muchacha con los labios pintados mirándolo.

—Y entonces ¿qué? Estás cansado, ¿no?

—Estoy muerto.

—Qué bien hablas.

—Ah... Gracias.

—Pero di algo más, que vea cómo hablas.

—Estoy muy cansado...

—Madre mía, qué bien hablas ya.

Silencio.

—¿Tienes hambre?

—No, no. Gracias.

—Pues he hecho migas con chorizo.

—¿Qué?

—Migas con chorizo, que he hecho migas con chorizo. Me levanté a las seis de la mañana para prepararlas, por si traías hambre. Hay croquetejas también y una fuente de panetes.

—Pero yo no tengo hambre. Muchas gracias.

—Pues bueno... Luego comes.

Adela miró al suelo.

Howard se dio cuenta de que estaba nerviosa.

—Me gusta tu vestido, es muy bonito.

Se besaron.

Howard le tocó el culo.

—Ah... Hay esta carta en el buzón —le dijo Howard.

Adela cogió la carta, le dio la mano y le dijo «ven y saludas a mis padres».

Pasos.

Puertas.

Pasaron por delante de Socorro, que estaba roncando en su sillón, con la cabeza hacia un lado, la boca abierta, la lengua fuera y un trajecito rosa y blanco de bebé en el regazo.

Pasos.

Puertas.

¡Mamá!

Puertas

Pasos.

Balbina mandaba una foto en la que aparecía vestida de esquiadora.

—Pijo en Dios, cuánta nieve. ¿Has visto, Manuel? Tu cuñada no anda bien de la cabeza.

Detrás de la foto ponía «En Verbier, febrero de 1972».

Había más fotos. En una de ellas aparecía con sus dos hijas, con uno de sus yernos y con Perico Trenes en el salón de su casa, todos de pie delante de una chimenea encendida.

—Esta del Perico que no la vea tu madre, que se muere del disgusto —le dijo Paca a Manuel.

En otra aparecía una de las gemelas con su novio. Y en la última aparecía la otra gemela con su marido y con una barriga de seis o siete meses.

—¿Cuála es esta?

—La Mariví, mamá.

—Mira que son feas, son igualitas que el Carnepavo. A ver qué dice. Lee.

Por la noche, cuando Manuel ya estaba dormido, Paca se levantó de la cama, fue a la cocina, cogió unas tijeras y recortó la foto en la que aparecía Balbina sonriendo y vestida de esquiadora.

Zas.

Se quedó con la nieve, solamente con la nieve y con un poco de cielo. Era un cielo sin nubes, un flamante cielo pelado y mañanero de invierno. El trozo de foto en el que aparecía Balbina lo tiró a la basura. Me vas a perdonar, pensó. El trocito de nieve que había recortado se lo metió en el bolsillo de la bata. Allí guardaría el paisaje suizo durante siete años, los mismos que el marido de su hija siguió yendo y viniendo de Mallorca con Manolo, los mismos que su nieta tardó en venir al mundo, los mismos que el realismo post-operatorio de Vicente Dorado tardó en volar a Nueva York, es decir, a todas partes, y exactamente los mismos años que su suegra tardó en morirse. «Ya se ha muerto mi suegra: Socorro Seca Seca. † 1897-1979).» (Cuaderno de Paca, 13 de octubre de 1979).

# 2

—¿Qué? —dice Amanda.

—Pues eso, que le dio una crisis de ansiedad. Manolo se lo encontró en el baño —dice Jimena.

—Qué tío más raro.

—Bueno, tener una crisis de ansiedad no es tan raro. ¿Tú nunca has tenido una?

—Pues la verdad es que no —dice Amanda.

—Yo sí, unas cuantas —dice Jimena.

—Tiene que ser horrible...

—El pobre Manolo buscándolo, yo venga a poner cafés y él tirado en el baño, diciendo que le habían hecho una foto. Tenías que haber visto cómo estaba el restaurante. Petao es poco, tía, en serio. Estábamos metidos en la mismísima mierda. Manolo estaba para darle algo. Nunca lo había visto trabajar así, tan apurado.

—Pobre Manolo —dice Amanda—. Pero ¿de qué es famoso José Antonio?

—Fue el ganador del *Puro Talento* de hace unos años.

—No me fastidies —dice Amanda.

—Eso me ha dicho Manolo —dice Jimena.

Silencio.

—Calla, Jimena, que va a ser el *heavy*. Es él, es Toni el Heavy. Tiene que ser él. Qué fuerte.

—¿Sí? ¿Tú viste ese programa?

—Sí, sí. Tiene que ser él —dice Amanda.

—Pues menos mal que ganó.

—Sí, sí. Llegó a la final con la ciega —dice Amanda.

—Yo es que no veo casi la tele. No me suena de nada.

—Madre mía... Pues ha cambiado bastante. Estaba mucho mejor antes.

—En fin...

—¿Cómo habrá acabado aquí?

—Pues por enchufe. Me ha dicho Manolo que lo metió él, que es amigo de una sobrina suya, que su sobrina le pidió el favor, que José Antonio había intentado volver al curro de administrativo que tenía antes de ganar el concurso ese, pero con la crisis no le habían cogido y no encontraba nada.

—Ya, pero hombre, ganar el *Puro Talento* y acabar aquí... Es fuerte.

—Pues como lo nuestro, Amanda, si lo piensas, lo nuestro también es fuerte... ¿Qué haces tú, una antropóloga de Cáceres, trabajando de camarera en Palma de Mallorca? ¿Qué hace una abogada como yo, eh, que tengo un máster en Derecho Mercantil, trabajando aquí? Que me costó tres mil y pico euros el máster. Pues eso, lo mismo que un *heavy* que ganó un concurso hace cuatro años. Hemos acabado aquí porque necesitamos la pasta, porque no nos queda otra.

Jimena suspira.

Amanda la mira.

—Bueno... Tranquila, a ver si te va a dar un ataque de ansiedad a ti también, Jimena, y es lo que nos faltaba.

—¿Es que digo tonterías? ¿Tú no estás jodida aquí, Amanda? Es que te veo muy normal, hasta contenta a veces. ¿No te jode ponerte ese delantal cada día?

—A ver, Jimena, tranquila... Jodida no estoy. Manolo nos trata muy bien. He estado año y medio buscando trabajo en Internet y no me han llamado para hacer ninguna entrevista. ¿Cómo no voy a estar contenta, si antes estaba en mi pueblo sin trabajo y sin dinero? Algo es algo, ¿no?

Silencio.

Silencio.

—En fin. Yo alucino. El *heavy* del *Puro Talento* aquí, en El club inglés —dice Amanda.

—Yo creo que ya no vuelve.

# 3

Lo que más le sorprendió a Nieves Cunningham cuando regresó de Nueva York, en octubre del año 2000, fue que todo siguiera igual. Había pasado más de un año fuera de Argamasilla de Alba, pero su abuela seguía sentada en el mismo rincón oscuro y su madre seguía sentada en la misma silla sobre el mismo cojín de rayas y con el mismo peinado de siempre, corto y estirado hacia arriba, de mujer decente, pero sobre todo práctica. Su hermano había crecido, pero seguía teniendo la misma mirada de niño y la misma cara de extranjero que su padre.

—*Hello!*

—*Nieves!*

—*Hi!*

Nieves dijo «pero, coño, qué oscuro está esto», encendió la luz y apoyó su guitarra en la pared del salón. Ya estoy aquí. Su madre y su abuela le parecieron fantasmas. Paca tenía los ojos completamente blancos y le habían puesto el camisón esotérico de las ocasiones especiales, el mismo que le ponían desde hacía muchos años en Nochebuena y en Nochevieja y seguramente el mismo que le pondrían cuando se muriera. A Nieves le entristeció aquello. Se dio cuenta de que era una visita, de que su madre la estaba tratando como si fuera una visita: el comedor apestaba a laca y a panetes; es decir, a gala. Durante unos momentos se formó un pequeño revuelo de maletas, besos y regalos. Nieves se sintió muy sola mientras la abrazaban.

—Pero qué pintas llevas —dijo Adela.

—*What's that*? —preguntó Roberto.

—*It's a painting*.

—Qué habléis en español —dijo Adela, y le dio una colleja a Roberto.

—¿Es del tío Vicente? —preguntó Roberto.

—*Yeah*.

—¿Te lo ha dado?

—No exactamente —dijo Nieves, sonriendo—. No es para mí. Es para la abuela. Cuánto has crecido, Roberto. Madre mía.

Silencio.

—Mira, abuela, que es para ti.

—Mamá, que es para ti.

—¿Qué?

—Que tu sobrino Vicente te ha mandado un cuadro con la Nieves.

—Yo para qué quiero cuadros, si no veo un pijo —dijo Paca.

Se trataba de una obra de Vicente Dorado de 1978 titulada *La tía Paca*, perteneciente a la serie de estética informalista «Pyrotechnie Infinitésimale des Insectes Lépidoptères», que había sido realizada íntegramente en el taller del palacete parisino de Madame Lemoine. La serie, formada por treinta y cuatro óleos en relieve sobre lienzos reforzados con pan rallado, trozos de madera quemada, harina y polvillo de mariposas disecadas, había sido considerada por algunos críticos parisinos de la época como una interesante propuesta surgida del batiburrillo de tendencias artísticas que nacían y morían a diario en el palacete de la chocha, pero todavía influyente, Madame Lemoine, una propuesta imposible de encajar cómodamente dentro del informalismo matérico, la neofiguración o el post pop art. Aunque Vicente Dorado explicó que *La tía Paca* representaba únicamente a su tía Paca y que la gran mancha roja central no simbolizaba otra cosa que los bocadillos de chorizo que su tía Paca le preparaba por las tardes en el pueblo cuando él era pequeño, algunos críticos no quedaron del todo satisfechos con sus escuetas explicaciones y dejaron caer que aquella obra contenía por cojones un mensaje de algún tipo, seguramente político y seguramente subconsciente, y que la gran mancha roja del centro no representaba ninguna loncha de chorizo, sino muy probablemente una herida colectiva: aquello podía ser sangre y dolor, muchísima sangre y muchísimo dolor, o tal vez un alocado estallido de esperanza de aquel artista emigrante por aquella España que echaba por fin a andar después de cuarenta años de dictadura.

—Escúchame bien (conversación traducida del francés), el discurso que acabas de soltar sobre mis cuadros ante la prensa no sé de dónde lo has sacado. Pero, coño, que no me conoces de nada [...]. Vamos a ver, mi tía Paca me hacía bocadillos de chorizo [...]. Mi madre siempre estaba fuera y yo pasaba muchas tardes en casa de mi tía Paca. No hay nada más, nada más, ¿cómo quieres que te lo diga? [...]. Franco se murió hace tres años ya. Qué me importa a mí, si yo vivo en París [...]. No pienso aceptar que se diga que he pintado esto pensando en Franco [...]. Te lo repito, no tienes ni idea, te estás equivocando de -ismo [...]. Vamos a ver, yo llevo toda la vida pintando cicatrices, y me he cansado un poco de las cicatrices y ahora pinto bocadillos de chorizo. Esto es mi arte, es mi pintura y significa lo que yo digo que significa [...]. Me importa un cojón lo que tú creas. Paca no es España, Paca es Francisca Ajofrín Barba, es mi tía Paca, que vive en Argamasilla de Alba, provincia de Ciudad Real, España. Mi tía Paca no es una sublime embestida transempírica ni polifocal contra nada, es mi tía y me hacía bocadillos, punto, y veía mal, por eso pinté el círculo rojo difuminado, joder, porque es la manera en la que yo supongo que mi tía vería la loncha. Y lo que dices sobre las innegables influencias del tal Malévich en mi obra... Por Dios y por la Virgen santa, ¿acaso inventó Malévich el chorizo? ¿Que pintó un cuadro todo negro? Pues muy bien, a lo mejor su tía veía peor que la mía. Si a tener diabetes lo llamamos vanguardia... Mira, si hubiera querido pintar el sufrimiento de mi país habría pintado un cuadro titulado *El sufrimiento de mi país*, no un cuadro titulado *La tía Paca* [...]. Que no, coño, que no voy a permitir que os apoderéis de mi obra, que sois unos listillos [...]. Esta es mi vida y estos son mis símbolos. Son lonchas de chorizo, te puedo asegurar que no hay ningún guiño al suprematismo ruso detrás de la loncha de chorizo. Es mi infancia, son mis bocadillos, es mi tía Paca [...], a ti te puede parecer banal o intrascendente, a mí no. Escúchame bien: a mí no. Son las tardes en mi pueblo comiendo chorizo del bueno mientras esperaba que mi padre apareciera por algún lado. Lo diré todas las veces que haga falta, mi obra está completamente libre de toda preocupación colectiva y no invita a la reflexión a nadie [...]. Pues sí, mira por dónde, mi obra es chorizo no trascendental si yo digo que es chorizo no trascendental. Es mía [...]. Tú lo interpretas así, claro. Claro, claro... [...]. Como yo soy un chino mandarino que pasa por aquí... (Vicente Dorado a un crítico, enfadado, tras la inauguración de su exposición «Infinitésimale des Insectes Lépidoptères», la primera en solitario).

Las pirotecnias infinitesimales de los insectos lepidópteros rompían con la irritante sobriedad monocroma y con la violencia temática y alegórica que había caracterizado la mayor parte de la producción artística de Vicente Dorado durante su etapa parisina (1971-1979). En el universo del manchego seguía predominando la marginalidad, la desintegración, el dolor, lo inconexo, la pérdida, la extrañeza y la perplejidad ante el mundo, pero llegaba el color, llegaba el embutido. Había círculos rojos, había texturas mortales, había montañitas de mariposas podridas; las cicatrices dejaban a un lado la finísima capa de precisionismo que las había protegido hasta entonces y se abrían de forma descarada hacia el hiperrealismo. Vicente ya visitaba de forma regular algunos hospitales de París y a menudo tonteaba y salía a tomar cafés o a cenar con algunas enfermeras, lo que le garantizaba una buena ración de conversaciones sobre heridas, tipos de heridas, cristales clavados, sangre, gotas de sangre y chorros de sangre, gente corriendo, gente gritando, que me he cortado, que me he cortado, puntos, puntos y más puntos, vendas y cicatrices, cicatrices y más cicatrices, conversaciones que, en definitiva, eran auténticos protocolos de actuación ante la mala suerte.

Como algunos críticos habían conseguido hartar a Vicente, y el supuesto trasfondo político de sus cuadros había calado en algunos corrillos artísticos de París, el último día de la exposición Vicente boicoteó sus propias obras y con unas chinchetas le colocó tres lonchas de chorizo a cada lienzo para que todos los asistentes se enteraran del auténtico significado de sus cuadros. En el cristal de la entrada escribió con espray y en francés: «Exposición de chorizo artístico».

De ahí, al MOMA.

Con las maletas.

Con el chorizo.

Con el enfado.

Con la alegría.

Con la caja de chinchetas.

Con su pirotecnia infinitesimal.

Con su bote de *spray*.

Con su realismo post-operatorio.

Con su New York, New York.

1979.

—¿Os gusta? —le preguntó Nieves a su madre y a su hermano, sosteniendo el lienzo.

Silencio.

Silencio.

—Se llama *La tía Paca*. Estuvo expuesto en el MOMA, un museo de arte moderno superimportante.

—¿Qué? —preguntó Paca.

—El cuadro, abuela. Que el cuadro del tito Vicente se llama *La tía Paca*, que eres tú —dijo Roberto.

—Falta el chorizo —dijo Nieves—. En su día tenía unas lonchas de chorizo pinchadas aquí en el centro, justo donde está lo rojo. Mira, Roberto, si te acercas un poco verás la mancha de la grasilla que soltó el chorizo mientras estuvo expuesto en el MOMA. ¿Lo ves?

—Virgen santa, qué gilipollez tan grande —dijo Adela.

—Mamá, no es ninguna gilipollez. Los cuadros del tío Vicente vienen en todos los libros de arte moderno del mundo. De gilipolleces nada.

—No ni na.

—Para ti todo es una gilipollez.

—Bueno, bueno... Tengamos la fiesta en paz, que acabas de llegar y ya estás al ataque. Mira a ver si tienes hambre.

—No tengo hambre.

—Hay sopa en la cocina, ¿te caliento una poca?

—Que no tengo hambre... Ah, mirad, he traído muchas fotos.

—Hay ensaladilla rusa también.

—Que no tengo hambre, que no quiero comer.

—Yo no puedo ver las fotos —dijo Paca.

—Lo que no hay es pan —dijo Adela—. Lo he gastado todo en los panetes. ¿Quieres un panete?

—Pero mamá... ¿Podemos hablar de algo que no sea comer?

—¡Pero bueno! ¡Si eres tú la que has empezado a hablar de chorizo!

—¿Yo? ¡Pero si has sido tú la que te has puesto a hablar de la sopa y de la ensaladilla rusa!

—Los rusos. Ya vienen los rusos —dijo Paca.

—Pues no sé yo qué decirte... La verdad es que muy bonito no es —dijo Roberto, que seguía mirando el cuadro.

—¿Lo ves? —dijo Adela.

—Pues seguramente vale una pasta, aquí donde lo veis.

Silencio

—El cuadro es mío.

—¿Qué?

—¿Has dicho algo, abuela?

—El cuadro, que es mío —volvió a decir—. Es mío. Dámelo. Pónmelo aquí a mi vera, que yo lo toque.

—Y entonces, ¿qué planes tienes? —le preguntó Adela a Nieves.

## Blog secreto de Nieves — febrero de 2007

### Me voy de *casting*

Cuando éramos pequeñas, mi amiga Mari Campos y yo solíamos jugar a que teníamos la regla. Tendríamos ocho o nueve años. Nos inventábamos obras de teatro en las que éramos chicas mayores que tenían la regla o que acababan de tener la regla o que se daban cuenta, en una especie de *play-within-the-play* shakesperiano, de que la regla les estaba bajando mientras representaban la obra. Casi siempre optábamos por lo último, por que nos viniera la regla en mitad de la función, y entonces nos preocupábamos muchísimo sin saber muy bien cómo ni de qué.

Chica mayor 1: No. ¡No! ¡No!

Chica mayor 2: ¿Qué pasa? ¿Qué pasa? ¡Dime!

Chica mayor 1: ¡Ya soy mujer, Nieves!

Chica mayor 2: ¡No me digas!

Chica mayor1: ¡Sí!

Chica mayor 2: ¿Lo sabe alguien?

Chica mayor 1: No, no, solo tú.

Chica mayor 2: ¡Anda! ¡Yo también soy mujer!

Chica mayor 1: ¿De verdad?

Chica mayor 2: Te lo prometo, Mari Campos.

Chica mayor 1: Y ahora, ¿qué hacemos?

Chica mayor 2: Creo que tenemos que ponernos dos bragas nuevas y tumbarnos un rato en el suelo.

Chica mayor 1: Es que he quedado con mi novio en el supermercado. Tengo mucha prisa. Tengo que comprar comida y champú para los niños.

Chica mayor 2: Yo tengo que arreglar un pollo y también tengo que tocar la guitarra y luego quiero ir al cine.

Queríamos ser mayores. Teníamos muchas ganas de hacernos mayores. Las obras de teatro acababan por lo general de esa manera, muy mal, fatal, con mucha prisa, cada una disparada hacia su vida de adulta, entre la confusión y el pánico, entre el cine, el supermercado, el novio esperando en la puerta del supermercado, la guitarra, el pollo para deshuesar y el bote de champú. Nos despedíamos sin irnos a ningún sitio, nos decíamos adiós, me voy, adiós, mucha suerte, nos pedíamos compresas y nos recordábamos que no debíamos lavarnos el pelo, que si nos lavábamos el pelo podríamos morir en el acto o mucho peor: quedarnos paralíticas, mudas, sordomudas, ciegas o sin piel, además de calvas, algo que alguna de las dos había escuchado en algún sitio y que acrecentaba aún más la agonía del momento; nos despedíamos y nos quedábamos ya quietas y tranquilas, una frente a la otra, de nuevo niñas y sin nada importante que hacer.

Cuando ya teníamos la regla, nos dio por imaginar cómo sería el mundo en el año 2000. El mundo, entre otras muchas cosas, iba a ser una calle por la que pasear con los labios perfilados y pintados sin que nadie nos dijera nada. También íbamos a poder fumar tranquilamente con nuestros labios pintados sin tener que escondernos y, además, íbamos a ir en coche a todas partes, un «a todas partes» que nunca ha vuelto a significar tanto como entonces.

Tendríamos catorce años.

Mari Campos se imaginaba madre, tía y madrina, todo a la vez. Decía que tendría dos hijos, una niña y un niño, y que su marido sería rubio clarito-clarito-clarito y que sus hijos iban a salir también rubios claritos-claritos-claritos e iban a ir en coche a todas partes. Yo imaginaba que para el año 2000 ya me habría hinchado de cantar en todo tipo de escenarios y que ya estaría buscando algún lugar donde retirarme de tanto trajín; no sé, imaginaba que habría muchas personas por todas partes tarareando mis canciones y que me agobiarían; incluso me imaginaba torciendo una esquina y chocándome con alguien que iba tarareando una canción mía y que se quedaba petrificado al verme «Dios mío, Dios mío, eres tú» y yo le tenía que convencer de que era de carne y hueso, «tranquilo, respira, cálmate. Soy de carne y hueso, soy humana, soy como tú, de verdad» y le cantaba la canción que él estaba tarareando y el chico se desmayaba.

Autógrafos.

Venga autógrafos.

Venga conciertos.

Venga aplausos.

Un estrés, en serio.

La gente iba a comprar entradas para verme cantar encima de un escenario, pero no un escenario como el del karaoke de mi pueblo, que me permitía soñar cualquier cosa y al que, quizás por eso, me hice adicta, ni tampoco como el escenario que habrá en el *casting* de *Puro Talento*, al que me presento mañana, sino uno de verdad, hablo de un escenario de verdad, uno desde el que podía escuchar cómo una masa aplaudía y gritaba «otra, otra, otra» sin que nadie se lo pidiera.

En el año 2000 lo íbamos a tener todo o casi todo hecho. Lo gordo iba a estar hecho. El marido rubio de Mari Campos, mi carrera musical, los labios perfilados y pintados y el coche a todas partes. Todo eso iba a estar hecho.

Cuando por fin llegó el año 2000, yo seguía teniendo una guitarra de mierda y mi amiga Mari Campos llevaba cuatro años muerta.

Yo vivía en Nueva York, que es una ciudad que a la mayoría de la gente le suele sonar a triunfo y a luces, pero ya os conté en el post «Los amigos de mi tío son amigos de Yoko Ono» que en Nueva York no compuse nada y que durante el año que pasé allí me dediqué principalmente a tratar de entender cosas que todavía sigo sin entender y a pasear por Manhattan con mi tío Vicente. A mi tío le gustaba pasear, ir a ver exposiciones de arte. No entrar, sino ir: la mayoría de las veces ni entrábamos, simplemente llegábamos allí, nos parábamos un rato en la puerta, él se dejaba saludar si alguien lo reconocía y luego dábamos la vuelta o seguíamos caminando. Donde sí que entrábamos era en los hospitales; mi tío no perdonaba ni uno, decía que no había nada mejor después de un buen paseo por Manhattan que entrar en un hospital y sentarse en cualquier silla a descansar. Entrábamos, buscábamos un par de sillas, nos sentábamos y nos poníamos a mirar a los pacientes que pasaban y a sus familiares, a los médicos y a los enfermeros, y supongo que alguno de los dos o tal vez los dos debíamos de tener cara de enfermos, porque nunca nos dijeron nada.

El escenario, mi gran escenario del año 2000, fue más o menos ese.

Por las tardes, mi tío se ponía a pintar y yo me iba a la escuela de música, un lugar que comenzó siendo la razón por la que me había ido del pueblo y que acabó siendo la razón por la que volví, un sitio lleno de personas con talento que no parecían tener que lidiar con otra cosa que no fuera su propio talento, músicos que iban a ser músicos y punto, músicos y ya, músicos a secas, músicos capaces de tararear a Rajmáninov mientras meaban; músicos que no se distraían, músicos totales que me daban mil vueltas. Una mierda.

Es eso.

Ya está.

Mil vueltas.

¿Sabéis esas personas que tocan más instrumentos de música de los que existen? Pues están todas juntas allí, en esa escuela de música de Nueva York.

Muchas noches venían amigos de mi tío a casa, todos artistas y todos ricos, porque mi tío no tenía amistad con nadie que no fuera un artista rico o un artista que no se hubiera intentado suicidar alguna vez, entre ellos un viejo ucraniano que se había intentado suicidar varias veces y que, según contaba, era amigo íntimo de Yoko Ono, pero llevaba varios años enfadado con ella por algo que ambos consideraban imperdonable, aunque en una ocasión dejó caer que solo estaban enfadados porque les parecía mucho más artístico que llevarse bien.

El viejo tenía por lo menos ochenta años, era crítico de arte moderno y apenas se le entendía, ni siquiera cuando cantaba el estribillo de la que parecía ser su canción favorita por entonces: *Oops!... I did it again*, de Britney Spears. Mi tío y sus amigos artistas o suicidas bebían cervezas, pedían pizzas, veían la MTV, hablaban mal de algunos y muy mal de otros, se reían hasta que algún suicida preguntaba de qué coño se reían, se quedaban serios y se volvían a reír. Algunas noches jugábamos al póker y otras hacíamos karaokes. Casi siempre se despedían del ucraniano con un largo abrazo y al día siguiente mi tío y yo volvíamos a recorrer Manhattan en busca de una buena exposición de arte a la que no entrar. Una vez me dijo: «¿Cómo?, ¿entrar?, ¿para qué?, ¿estamos tontos? Quiera Dios que no, pero si alguien te pregunta qué te ha parecido la exposición, tú te quedas un rato pensando y luego dices que, con todos tus respetos, esperabas otra cosa. Ni mejor ni peor. Simplemente di que esperabas otra cosa. La gente es tonta. Di eso, luego guiñas un ojo y cambias de tema. No sé por qué coño la gente no guiña más el ojo. Casi todo en esta vida se puede arreglar guiñando el ojo». Y se echó a reír y yo me eché a reír y seguimos caminando.

Con el tiempo, me di cuenta de que la risa de mi tío no era toda risa, de que dentro de su risa había risas que sí y risas que no. Por ejemplo, se reía de sus cuadros mientras los pintaba y eso era una risa que sí. Pintaba un poco, se alejaba dos pasos, se quedaba mirando el cuadro y decía «madre de Dios, la que estoy liando aquí, menuda mierda más grande». A veces me llamaba para que me riera con él o le diera mi opinión. «Mira qué mierda. Lo dejo así, ¿no?», y nos descojonábamos. «Nunca te has reído tan caro, ¿a que no?». Sin embargo, cuando hablábamos del pueblo y de la familia aparecía su risa que no. Decía que ser manchego era bastante más difícil que ser artista.

—¿Por qué?

—Pues porque sí. Porque sí, Nieves. Porque sí.

Silencio.

—A tu padre lo quisieron convertir en manchego y mira lo que pasó, que se fue a Manchester y nadie sabe dónde está ahora. ¿Por qué se fue? Deja de preguntártelo y de preguntármelo, Nieves. Se fue porque sí y punto. Esas cosas pasan. Haz un par de canciones sobre eso y te quedas nueva. Ser manchego es jodido, mucho. —Me miraba—. ¿Por qué te has venido aquí? Porque ser manchega es todavía más jodido, por eso te has venido, porque ser manchega es jodidamente jodido, *fucking shit*. —Y seguía y reía y seguía y el *fucking* y la puta mierda no se le iban de la boca mientras hablábamos del pueblo.

Hoy le he preguntado a mi amigo José Antonio si no debería hacer mañana lo mismo que hacía con mi tío en Manhattan: ir, solamente ir. Podría ir al *casting* del *Puro Talento*, pero no entrar, solamente ir. Ya está, coño: ir y punto. Ponerme en la cola, avanzar poco a poco hasta llegar a la puerta y decirle a quien sea «bah, esperaba otra cosa», guiñarle el ojo y largarme a la pata coja.

Mi amigo José Antonio se va a presentar también. Canta mucho mejor que yo. Bueno, a ver, él tiene otro rollo. A él le gusta Barón Rojo y ese tipo de grupos, pero canta de todo. Él dice que solamente se ha apuntado para acompañarme, para asegurarse de que entro, de que no llego hasta la puerta y me voy. No se fía. Dice que se va a poner su camiseta de WarCry y sus vaqueros negros de pitillo de la suerte. Yo creo que le hace mucha ilusión ir al *casting*, más que a mí.

En fin. Ya lo dejo, que me está quedando un post larguísimo y esto no me lo paga nadie. Voy a intentar ilusionarme mucho, hacer como antes, cuando el futuro era algo parecido a una piñata y siempre estaba llena y siempre podía darle golpes.

# 4

Todo bien.

Todo muy bien.
Hace fresco.
Me aburre vivir.

Cuaderno de Paca, 25 de octubre de 1984.

# 5

Matorrales. Gamones. El acantilado de Cap Blanc. Una isla a lo lejos. Es Cabrera. Manolo se sienta cerca del borde del acantilado y mira hacia la isla. La visión es magnética, incluso para aquellos que no tienen mucho de suicida. Mastica y aire en su cara. Mastica y mira hacia Cabrera. Tiene calor. Tiene media hora de acantilado, luego volverá a su casa. Tiene cincuenta y nueve años y lo han echado del trabajo. Bueno, lo han prejubilado. No, lo han echado. Bueno, no lo sabemos. El caso es que ya no trabaja y tiene un bocadillo de jamón.

—No hay clientes, Manolo.

—Esto ya no es lo que era.

—Mucha suerte, Manolo.

—No te rayes.

—Enga, Manolo.

—Te mereces ya un descanso.

—Eres viejo. Bueno, viejo... Solo estás algo mayor. O sea, estás solo y eres un poco mayor que mucha gente, simplemente. Quiero decir, eres joven y puedes hacer lo que quieras.

—Te habrán dao buenos dineros.

—No te ha salido nada mal la jugada, Manolo.

—El hotel se va a modernizar, pero no se lo digas a nadie.

—Van a poner pantallas gigantes en todos los pasillos y en todos los ascensores, tal vez también en los baños. No sé qué de baños minimalistas y no sé qué de baños posconceptuales.

—Van a digitalizar las hamburguesas, Manolo, pero no digas nada, que es confidencial.

—Podrás irte por fin a tu pueblo.

—Lo sé.

—Vete ya a tu pueblo y descansa, que te lo mereces, que llevas toda la vida currando. O vete a Suecia a ver a ese hijo que tienes, Manolo, coño, hostias, por Dios, pero qué grande eres, en serio, qué grande eres.

—Si es que ahora los jóvenes cobran menos y pronuncian mejor el inglés y echan más horas.

—Feliz prejubilación o jubilación o lo que sea, qué grande eres, en serio.

—¿Quieres que te hagamos una fiesta?

—Quita, quita.

—¿Quieres llevarte alguna botella de algo?

—Pues...

—¿No te vas a llevar tu foto con el Juan Carlos?

Manolo mira la foto, dice trae, coge la foto, la rompe, dice mira lo que hago con la foto del rey, anda y que se vaya a la mierda, hombre.

—Dicen que van a cargarse también el mural del pulpo.

—Dicen que van a servir comida japonesa rápida y comida japonesa lenta y que adiós patatas fritas, adiós freidora, adiós a los sándwiches de salmón y adiós a la cocinilla, Manolo.

—Dicen que han despedido al cantante de siempre, al de toda la vida, y que en su lugar van a poner a un cantante-camarero, al *heavy* de los cojones ese que ganó el *Puro Talento* de 2007. La madre que parió a los *heavies*.

—¿El Josantonio se va a quedar aquí en el club de cantante-camarero?

—Sí, le han hecho una oferta que no ha podido rechazar: 1.100 euros al mes más propinas y contrato indefinido.

—La virgen puta.

—Estamos muy contentos contigo, Manolo, pero.

—Se está quedando buena tarde.

—El club inglés no será lo mismo sin ti, Manolo.

El club inglés no será, sencillamente no será, porque todo será una gran recepción digital y también van a contratar a un par de expertos en redes sociales y todo será una gran tableta.

Se acabó el bar de abajo, solamente quedará el bar de arriba y habrá comida de todos los países y habrá más estrellas y adiós, Manolo, adiós, *goodbye*. Mallorca no será lo mismo sin ti, porque te vas, te vas.

¿Te vas ya?

¿Dónde está Anaëlle?

Ya no tienes que volver.

Decidle adiós a Anaëlle de mi parte.

Hola, Manolo, adiós, Manolo.

Tienes casi sesenta años y un bocadillo de jamón serrano del bueno y una isla frente a ti en la que nunca has estado.

Anda, a lo mejor es Manchester y está tu cuñado ahí.

Anda, a lo mejor Cabrera es Manhattan y está tu primo ahí, paseando como un tonto pa un lao y pa otro.

Anda, a lo mejor es tu pueblo.

Anda, a lo mejor Cabrera es tu pueblo ese que tienes.

Mírala bien.

Mastícala bien, mírala bien.

A lo mejor esa isla que miras con desgana es Argamasilla de Alba y puedes pasar los últimos años de tu vida allí, en Cabrera de Alba, mirando hacia este acantilado desde el que ahora mismo miras hacia Cabrera de Alba, mirándolo todo desde aquel otro sitio, como si estuvieras del otro lado de un espejo.

Qué coño, ya estás del otro lado del espejo.

¿Cuántos años te quedan? Cuenta. A ver, ponte a contar. Ponte que vives ochenta años, que tú no fumas. Pues ochenta menos sesenta son veinte años.

Madre mía, son demasiados. ¿Qué hago yo otros veinte años?

¿Adónde vas a ir?

Un poco de jamón serrano.

Un acantilado.

Un viejo y mucho viento.

Hay un viejo sentado frente al mar. Se llama Manolo Dorado Ajofrín y tiene bigote, barriga, camiseta de jubilado y un montón de años. Le gusta charlar, de esto y de aquello, con unos y con otros, pero ahora está solo, sentado frente al mar. Si todo va mal, le quedan veinte años de vida, según sus cuentas. En los acantilados de Cap Blanc se ha muerto mucha gente. Muertos matados, tan fácil es tirarse. Manolo lanza su abridor por el barranco.

Hay viento.
Siempre hay viento.
Hay muchísimo viento.

Hay un hijo en Suecia al que no conoce, pero al que le ha escrito algunas cartas, todas a mano, todas en español, querido hijo, aquí tu padre, te escribo desde el bar, ahora que tengo tiempo y está esto un poco muerto. La verdad es que no me cuento muchas cosas.

Estoy más gordo.
¿Cómo te va en el trabajo?
¿Hace mucho frío allí?
Por aquí está nublado.
A veces pinto.

El hijo es ingeniero y trabaja en Ikea, «pero en la oficina central, no en una tienda ni en un almacén, sino en la oficina central, que es una oficina muy grande donde trabajan ingenieros y personas con estudios de todas partes». Manolo está muy orgulloso de su hijo, pero si se cruzara con él por la calle quizás no lo reconocería. Claro que lo ha visto en fotos, pero nunca ha caminado por la calle pensando que hay un hijo con el que se puede cruzar. Siempre ha caminado sin ese hijo. Se despistaría. No lo vería, no.

Cabrera.
Matorrales
Gamones.
Viento.
Jamón del bueno.

Alguien se acerca con un perro. El perro ladra como si quisiera acabar con todo el mundo, y todo el mundo es él, todo el mundo es Manolo.

Guau.

Coño.

Guau.

Guay, guau.

Si me traigo a mi madre aquí, piensa Manolo. ¿Y si me la traigo aquí a vivir conmigo y punto pelota? Y la Adela, que se venga si quiere y si no... Cago en todo, ¿y si no vuelvo? ¿Y si yo me? ¿Y si tú te? Y si mi madre aquí, piensa Manolo. Hostia puta. Ojalá mi madre aquí. Tiene casi noventa años ya y cualquier día...

Se levanta. Coño en Dios. Se sacude las migas de la camiseta y se pone a llorar. Camina y llora. Se monta en su coche. Apoya la cabeza en el volante. Mierda de to. Cualquier día es bueno para que hostia puta, la virgen puta. Llora y volante. Llora y volante durante un rato. Se mira en el retrovisor y se ve llorando y se caga en la puta. Quiero trabajar. Yo quiero trabajar, piensa Manolo. Lo dice en alto. Quiero trabajar, cojones. Yo puedo trabajar, no quiero estar parao. Coño hago ahora.

Después arranca el coche, vuelve a Palma, entra en su casa, saluda a una mujer que lleva una bata roja con un dragón detrás.

—Hola.

—Hola, me han echado.

Se sienta en el sofá. La señora le pregunta qué ha pasado. Manolo le dice que no tiene ganas de hablar ni de nada, que ya no tiene trabajo y punto, ya está, no tengo ganas de hablar. La mujer, muy seria, le dice a Manolo «pues esta noche es la gala final del *Puro Talento* y no me lo quiero perder». Manolo le dice «pero qué talento ni qué talento, Carolina. Mira, voy a hablar con mi hermana y me voy a traer a mi madre aquí a Palma a vivir conmigo, ya está decidido y eso es así, eso es impepinable». Le tiembla la voz. Carolina le pregunta si se ha vuelto loco, qué coño estás diciendo, Manolo, qué dices, pero qué te pasa, pero tú estás tonto o qué te pasa, Manolo, joder, qué dices, ¿no hablarás en serio? Manolo le dice que sí, que está hablando muy en serio, que se acabó, que se va a traer a su madre a Palma y que se tiene que ir. Te alquilas algo, yo qué sé. No quiero que te vea aquí, coño ya. Ella vuelve la mirada hacia el televisor y Manolo, con la voz más temblorosa aún, le recuerda que lleva meses diciendo que se va a ir y no se va. Me dijiste que te ibas y no te vas, sigues aquí, aquí, aquí, un día y otro y otro y no te has ido, que mira que te he dejado tiempo y nada, que me dijiste que venías a limpiar el piso los miércoles y, joder, hostia, que te estás haciendo la remolona y no puede ser, esto ya no puede ser, Carolina. No quiero que mi madre te vea aquí, ya lo sabes, ya está.

—Pero ¿cómo me va a ver? ¿No decías que tu madre estaba ciega? —le pregunta ella sin apartar la vista del televisor.

Manolo no responde.

# 6

«Mi padre era majete. Quiero decir, nos quería. Bueno, no sé, a lo mejor no nos quería, pero sí que le hacíamos gracia. A mí me parecía un padre bastante normal, en serio, un padre de hola, papá, que ya he llegado, hola, papá, escucha esta canción. No sé, normal. Me daba la paga todas las semanas y comía siempre con nosotros, en silencio. Yo pensaba que todo el mundo comía en silencio hasta que me fui a Nueva York. Si os digo la verdad, lo que más me impactó de Nueva York fue ver a la gente hablar y hablar todo el rato en todas partes. Eso en mi pueblo no pasa. Quiero decir, la gente habla, pero no a todas horas ni con esas ganas. Estoy segura de que hay ratos en los que ninguna persona del pueblo habla, ratos en los que solo suenan los frigoríficos. En mi pueblo la gente habla cuando tiene que hablar, cuando toca. A mi padre casi nunca le tocaba hablar, la verdad. Esta canción, *Qué poco hablas*, va de todo eso».

Barullo
Canción
Barullo

Palma de Mallorca
José Antonio, Sastre, John Christopher
Aplausos
Muchas gracias

La convivencia de José Antonio y Meritxell en Campanet no duró ni una semana. En concreto, duró seis días, del 8 al 13 de enero de 2001. Después de la ruptura, José Antonio no quiso regresar a Jaca y se instaló en Palma de Mallorca, donde acabó encontrando un trabajo como auxiliar administrativo en las oficinas del puerto. Meritxell le había dicho que no sentía nada realmente profundo por él, que le agobiaba un poco que se hubiera instalado en su casa.

—Como amiga, me tienes para lo que sea.

—Vale.

—Es que a mí las cosas me gusta decirlas a la cara, Toni, me gusta ir de frente. Me he acostumbrado a vivir sola con mi hija y, yo qué sé, no eres tú, es que la situación es la que es y no quiero cambiar de vida. Yo... No sé, además, creo que ya tampoco siento lo del principio, Toni. Pero bueno, cualquier cosa que necesites, de verdad, me tienes aquí, ¿vale?

—Vale.

Palma de Mallorca le pareció un buen lugar para olvidarse de Meritxell. En realidad, le pareció un buen lugar, a secas. Era invierno, había pocos turistas y podía pasear su fracaso y su falta de planes por la playa y por cualquier parte. Él también se había dado cuenta de que no sentía nada muy profundo por aquella *heavy* de aquel bar que, después de muchas cartas y unos pocos meses, se mostraba como una madre convencional que vivía en una casa con jardín en un pueblo pequeño con una hija bastante acaparadora con la que se pasaba las tardes viendo dibujos animados en la tele o jugando a las princesas. ¿Acaso se disfrazaba Meritxell de *heavy* cuando salía de la isla? ¿Qué tenía su casa o su vida de *heavy*? ¿Dónde estaba el puto Ritchie Blackmore del que tanto le había hablado en las cartas, joder? ¿Dónde estaba el puto Ozzy Osbourne arrancándole la cabeza al cadáver de un murciélago sobre un escenario? ¿Dónde estaban las botas y la chupa de cuero? ¿Era todo una estafa, hostia puta? ¿Por qué tenía una revista de interiorismo en el baño? ¿Dónde estaban las espadas de Manowar? ¿Se puede saber qué tipo de *heavy* se casa con un odontólogo? ¿Por qué va su hija a catequesis todos los días? ¿Qué hago aquí? ¿Por qué no me frenó nadie, ni mi abuela, de venir al puto Campanet de los huevos? ¿Por qué no me di cuenta de que esto no iba a ningún lado? ¿Soy imbécil? ¿Qué hago en Mallorca? ¿Qué hago paseando? ¿Por qué hay tantos perros en Mallorca? ¿Por qué todo el mundo tiene perro? ¿Por qué no los llevan atados, joder? ¿No se dan cuenta de que pueden escaparse, cruzar la calle y provocar un accidente? ¿No se dan cuenta de que no son sus colegas, que son perros, putos perros? ¿Se puede ser *heavy* las veinticuatro horas del día? ¿Se puede ser algo durante mucho tiempo?

Unos meses más tarde, cuando conoció a Nieves Cunningham, Meritxell ya estaba más que olvidada. Las cosas le iban bien. Su vida en Palma de Mallorca le gustaba, a pesar de que odiaba la playa, tomar el sol, los centros comerciales y, en general, el turismo. Podía vivir al margen de todo eso, darle la espalda al mar y ser un *heavy* de interior. En su trabajo en las oficinas del puerto había conocido a dos chicos que estaban igual de solos en la isla que él, un manchego y un colombiano, y salía con ellos los fines de semana.

Al principio, para encajar en el grupo, José Antonio se había dejado llevar a bares de todo tipo sin poner ninguna condición más allá de un «que haya tías» que nunca sonó demasiado terminante. El manchego tampoco se había mostrado en ningún momento muy tiquismiquis a la hora de elegir dónde ir, así que a veces acababan la noche en la Bullerengue, una discoteca de ritmos latinos que le gustaba mucho a John Cristopher, el colombiano.

—Joder, esto está lleno de tías.

Allí, después de un par de copas en la barra, el colombiano se iba a la pista a bailar y lo normal era que no volvieran a verlo en toda la noche. José Antonio se quedaba con Sastre, el manchego, dando vueltas por la discoteca con una copa en la mano mientras sonaba el *Muévelo* de Rey Ruiz, el *Secreto de amor* de Joan Sebastian o, ya más entrada la noche, el *Ojalá que llueva café* y entre vuelta y vuelta Sastre le contaba que quería viajar por todo el mundo («ya tengo mil y pico euros») y José Antonio le contaba que tras su ruptura con Meritxell había rescatado el hábito de escribir pequeños relatos y que, precisamente, iba a mandar uno de ellos a un concurso literario que organizaba una marca de ropa de tallas grandes («ya tengo cuatro páginas»).

Entre los ritmos latinos de la Bullerengue, el trabajo como auxiliar administrativo, sus largos paseos por las calles del centro de Mallorca y el tiempo que le dedicaba a escribir relatos sobre personas con sobrepeso, pasaron algunos meses sin que José Antonio escuchara una sola canción *heavy* ni hablara con otros *heavies*. A veces se le olvidaba que llevaba puesta una camiseta de Barón Rojo o unos pantalones pitillo de cuero, y cuando alguien le hacía algún comentario sobre ello («coño, Barón Rojo, me gustan»), se quedaba callado unos segundos, como si no supiera muy bien de qué le estaban hablando.

Soy Meritxell.

Soy una madre atareada, pensaba.

Soy un pastor alemán.

Soy un auxiliar administrativo de un pastor alemán.

Soy el amigo del amigo del amigo del auxiliar del auxiliar del pastor del pastor.

—Es que yo antes escribía poemas —le dijo a Nieves Cunningham la noche en que la conoció, después del concierto que dio en la sala Pipelles de Palma.

—¿Sí?

—Sí, sí. Te he visto ahí, en el escenario, cantando tus canciones, la de las gacelas de Grant, la de *Qué poco hablas*, y me he acordado de lo mucho que me gustaba a mí escribir poemas cuando era pequeño.

Silencio
    Trago
    Silencio

—Y, bueno, estoy haciendo un relato para enviarlo a un concurso. Me aburro bastante, la verdad.

—Yo también —dijo Sastre.

—¿También qué? —dijo Nieves.

—También voy a mandar un relato al concurso ese y también me aburro. Vámonos al bar de tu tío Manolo.

Esa noche del concierto hablaron mucho todos con todos. Nieves con José Antonio. Sastre con Nieves. José Antonio con Sastre. De la música. De los poemas. De Jaca. De Palma. De Argamasilla. De dar la vuelta al mundo. De cruzar Turquía, aparecer en México, bajar a Guatemala, llegar no sabemos cómo a Tailandia y ser instructor de buceo y enviar de vez en cuando cartas a los amigos y a los familiares: «Hola, sigo bien, sigo aquí en Tailandia. Todos los días me levanto por la mañana sobre las 11 y me tomo un café frente al mar. Solo trabajo tres horas a la semana y me da para vivir. Bueno, en realidad no lo veo como un trabajo, yo pagaría por hacer lo que hago. Soy más feliz que nunca. Hasta luego».

José Antonio miraba a Nieves y no sabía si aquella chica que cerraba casi todo el tiempo los ojos cuando cantaba le gustaba o no le gustaba. ¿Sentía algo? Lo que notaba eran unas ganas horribles de hacer cosas o, más bien, de tener cosas urgentes que hacer, pero ¿el qué? Correr, por ejemplo. Una opción era salir del bar y echar a correr, darle tres o cuatro vueltas a la manzana y volver a entrar. Otra opción era bailar salsa, algo que cada vez le daba menos reparo, pero no estaban en la Bullerengue. John Christopher quizás sí estaba en la Bullerengue, pues hacía rato que había desaparecido. Otra posibilidad era irse al baño y saltar, saltar, saltar. Sin embargo, optó por irse sin despedirse de nadie cuando Sastre y Nieves hablaron de ir a El club inglés, se fue a su casa, se puso el pijama y se sentó a escribir el relato que tenía entre manos como si fuera imbécil, como si aquello no pudiera esperar al día siguiente, pero no fue capaz de escribir nada.

A partir de ese momento seguiría la carrera musical de Nieves con mucho interés, siempre por medio de Sastre, que a su vez se informaba por medio de Manolo en sus visitas a El club inglés.

—Dice Manolo que le ha dicho Nieves que va a sacar un disco a final de año.

—Dice Manolo que le ha dicho Nieves que lo del disco se retrasa por lo de las torres gemelas, que está todo muy parado.

—Dice Manolo que Nieves toca todos los fines de semana en un bar de Tomelloso, que se lleva muy bien con los dueños.

—Dice Manolo que han entrevistado otra vez a Nieves en radio Tomelloso y que ha empezado a trabajar también en un hostal de Argamasilla como recepcionista.

En el año 2003, cuando Sastre se fue de Mallorca para dar la vuelta al mundo, José Antonio no solamente dejó de saber de él, sino también de Nieves. Al principio se le pasó por la cabeza la idea de ir a tomar algo a El club inglés, del que tanto le había hablado Sastre, y conocer al tal Manolo y preguntarle por su sobrina, pero nunca se atrevió. Siguió yendo los fines de semana con John Christopher a la Bullerengue hasta que un día la cerraron. Fue entonces cuando él y el colombiano se iniciaron en el universo de los karaokes mallorquines. ¿Por qué? Pues porque sí, porque esas cosas pasan, porque al lado de la Bullerengue había un karaoke muy grande y se metieron allí. Además, muchas de las personas que antes iban a bailar a la Bullerengue, ahora iban al karaoke. Fue así cómo, durante varios años y sin saberlo, José Antonio y Nieves llevaron una vida paralela de karaokes, él en el Playamar, situado en los bajos del hotel Playamar de Palma de Mallorca, y Nieves en el Karaoke Maylu de Argamasilla de Alba.

*Un beso y una flor* fue el tema que cantó José Antonio la primera vez que cogió un micrófono en el Playamar. Era la canción que le pareció más fácil del repertorio que le ofrecieron. Estaba muy nervioso y había bebido, así que no reparó en la felicitación del camarero —«muy bien, chaval, menudo chorro de voz, hace mucho que no veíamos algo así por aquí»— ni en las sonrisas cómplices que le dedicaron algunas chicas en su camino al baño, donde vomitó las seis copas que había bebido.

—¡Qué berraco, José Antonio! ¡No me habías dicho que cantabas tan bien! —le dijo John Christopher.

—Me voy, macho.

De cantar por Nino Bravo en un karaoke en el año 2003 a presentarse al *casting* de *Puro Talento* 2007 solamente hay unos párrafos, que nos vamos a saltar. Únicamente diremos que a finales de 2005 José Antonio recibió una carta de un tal Luis Manuel Sastre Rodríguez, con dirección en Mannheim, Alemania.

—Hostia puta, una carta de Alemania.

Dentro del sobre había una invitación de boda con un par de pájaros dibujados en dorado y una carta. En ella, Sastre se disculpaba por no haber dado señales de vida en casi tres años y le contaba que había pasado prácticamente todo ese tiempo en Mannheim, que había tenido un hijo y que estaba a punto de casarse: «Esta ciudad es fea de cojones, pero mi futura mujer, Frieda, es de aquí y con el niño no nos podemos ir a ningún sitio. Por cierto, dame tu dirección de email, que la perdí y me siento gilipollas escribiendo a mano».

José Antonio le envió de inmediato un email a Sastre donde le preguntaba por su vida, por su futura mujer, por su hijo, por Alemania y por Nieves. ¿Sabes algo de Nieves?

Un par de emails más tarde se enteró de que Nieves tenía una página web oficial y un blog secreto, que se leyó entero. Había audios, letras de canciones escritas por ella, vídeos de los conciertos que daba, sobre todo, en un bar de Tomelloso, enlaces a sus entrevistas en radio, colaboraciones con algunos cortometrajes y posts donde hablaba sin tapujos de su vida como recepcionista en un hostal de su pueblo y de su familia.

«Todos me preguntan dónde está la cueva», se titulaba un post. «Qué cansancio», se titulaba otro. «Nos han robado un cuadro», se titulaba uno de los más comentados. En él, Nieves contaba que su abuela había escuchado a un par de hombres hablando en ruso de madrugada al lado de su cama y que al día siguiente el famoso cuadro ya no estaba en la casa. Han venido los rusos, han venido los rusos, le dijo Paca a la policía.

—Qué rusos ni huevos —dijo Adela—. Esto ha sido alguien del pueblo, pongo la mano en el fuego.

—Que sí, que eran rusos.

—Que no, qué coño van a ser rusos, mamá. Aquí no hay rusos, aquí hay mucho sinvergüenza, eso es lo que hay.

—Que sí.

José Antonio tardó varios días en atreverse a enviar un email a la dirección que aparecía en el apartado de contacto de la página web. «Hola, Nieves, no sé si te acuerdas de mí, soy José Antonio, te conocí en la sala Pipelles de Palma de Mallorca hace unos años. Soy el chico que te dijo que estaba escribiendo un relato para enviarlo a un concurso. Por supuesto, no lo gané. Te escribo porque no sé si ir a la boda de Luis Manuel. Me ha dicho que también te ha invitado. ¿Tú vas a ir?».

Ninguno de los dos fue a la boda de Sastre, pero siguieron enviándose emails y acabaron hablando por teléfono. Para Nieves, José Antonio era algo parecido a un fan; había llegado a su vida como llegan los fans, por Internet, a través de su web. De hecho, José Antonio era la única persona que le había escrito al email de contacto de su página web. Para José Antonio, Nieves era de algún modo un recordatorio de todas aquellas cosas que hacía con muchas ganas cuando era niño, antes de escuchar a Barón Rojo, una conexión con su yo pre-*heavy*.

Se hicieron amigos.

En 2006 decidieron hacer algo juntos. ¿Un poemario de José Antonio con música de Nieves cantado por Nieves? ¿Un poemario de José Antonio con música de Nieves cantado por José Antonio? Ni hablar, decía José Antonio de esa última posibilidad. A mí me gusta más escucharte que cantar. Yo solo canto cuando estoy borracho. Además, cuando canto, grito, tengo demasiada potencia, no lo puedo controlar. Prefiero que mis poemas los cantes tú, Nieves.

—Vale.

Nieves compuso durante varias semanas la música para veinte poemas escritos por José Antonio. Se grababa en su habitación y le enviaba los temas por email a José Antonio. ¿Qué tal? A José Antonio todos le parecían buenos. Nieves se acordaba de su amiga Mari Campos, la arreglista oficial de las canciones de su adolescencia. Estaba claro que José Antonio no era Mari Campos, no iba a arreglar nada. José Antonio decía «me gusta», «está muy bien» y cosas del estilo; jamás le iba a pedir que cambiara nada.

—Podemos llamarlo *Veinte poemas y no te conozco.*

—Sí que nos conocemos, Nieves, pero tendríamos que quedar algún día —le dijo José Antonio.

Nieves y José Antonio se vieron en Madrid a mediados de ese mismo año, aprovechando que Nieves tenía que ir allí a grabar tres temas en el estudio de un conocido de un amigo de Tomelloso que le haría buen precio: 80 euros por grabar y mezclar cada canción. Tenía la intención de presentar los tres temas a un concurso de maquetas dirigido a bandas y solistas residentes en Castilla-La Mancha organizado por una asociación cultural de Cuenca que ofrecía la grabación de un disco al ganador y una actuación de 30 minutos en las fiestas de uno de sus barrios.

La primera canción que grabó se llamaba *2240,9*, la segunda *La ciudad más fea de Alemania* y la tercera se llamaba *28 años y 1 fan.*

Nieves y José Antonio se emborracharon el día de antes de la grabación y acabaron subidos en la tarima de un karaoke cercano a plaza España, donde cantaron a dúo una de Lola Flores y otra de Ella baila sola. En algún momento se besaron y después se arrepintieron. «La verdad es que tengo alguna cosa en el pueblo y no quiero estropearlo», le dijo ella. «Te entiendo, Nieves. Yo no creo en las relaciones a distancia», le dijo él. Se hicieron más amigos todavía. Hablaron de Sastre, de su vuelta al mundo fallida, y tomaron algunas decisiones:

—Tendríamos que ir a hacerle una visita a Alemania algún día. Nunca he salido de España —dijo José Antonio.

—Yo sí. Viví en Nueva York un año —le contestó Nieves.

—Y tenemos que ir a Jaca algún día, ya verás qué garitos. Y tienes que venir a Mallorca otra vez.

—Sí, sí. Allí vive mi tío Manolo. Si voy, te lo presento.

—Vale.

Copa.

Copa.

—Tenemos que presentarnos al *Puro Talento* del año que viene —le dijo Nieves.

—Yo te acompaño si quieres.

—No, tú te presentas también.

—No, yo te acompaño.

—No, tú te presentas. Si vienes, te presentas.

Nieves regresó a su pueblo al día siguiente con un CD sobre el que ponía DEMO NIEVES DORADO en un autobús casi vacío y convencida de que su canción *2240,9* era la mejor de todas las que había hecho. Se descubrió muy contenta e incluso algo nerviosa por todo lo que podía sucederle si conseguía unas colaboraciones que tenía entre manos, si ganaba el concurso de maquetas de Cuenca y, sobre todo, si José Antonio y ella se presentaban al *casting* de *Puro Talento* 2007 mientras observaba por la ventana del autobús la oscuridad del campo.

En Nueva York, su tío Vicente entraba en un hospital para sentarse a descansar en una sala de espera.

Al cruzar el pueblo, Nieves escuchó los grillos y el sonido tenue del viento en los almeces.